人妻になりたい！

草凪優

双葉文庫

目次

プロローグ

地獄は存在する。

あの世にではなく、この世にある。

亀本正史《かめもとまさし》は今日もまた、そんな身も蓋もない現実を味わわされた。

四十二歳になっても素人童貞である亀本は、ありあまる性欲をもっぱら性風俗店で解消している。かつては一万円台で本番ができる格安ソープに足繁《あししげ》く通っていたのだが、半年前に残業代カットの憂き目に遭ってからは、激安ピンサロにしか行かなくなった。

２０××年、日本経済は平成から続く不況にまだあえぎ続けている。残業代カットならまだいいほうで、近ごろの経営者は平気で給料をさげたり、突然解雇したりやりたい放題だ。

そんな時代に、激安ピンサロは救世主だ。とにかく安い。ホームページで割引きクーポンを手に入れ、早い時間に入店すれば、三千円ほどで抜くことができる店もある。

とはいえ、その手の店のサービスはびっくりするほど雑だ。客単価が三千円となれば、女の子の取り分は二千円にも満たないだろうから、安かろう悪かろうの典型となってもしかたがないのだろうが……。

「早くチンコ出せよ」

ミハルという名のピンサロ嬢は、隣に座るなり吐き捨てるように言った。見た目は二十歳そこそこ。ブスではなく、けっこう可愛い。乃木坂46にいるショートカットの子にちょっと似ている。

ルックスだけなら、当たりの部類に入るだろう。頭にツノが二本ついたカチューシャをつけ、黒いミニドレスに黒いニーハイソックス――セクシー小悪魔のコスプレがよく似合っているが、中身は悪魔よりタチが悪そうだ。

「射精しに来たんだろ。チンコ出さなきゃできなくね？」

小悪魔コスプレの一環で、彼女はオモチャの三叉槍《さんさそう》を持っていた。安っぽいプラスチック製だが、それで亀本の股間をツンツンと突《つつ》いてくる。

亀本は内心で深い溜息をつきながらベルトをはずし、ズボンとブリーフをめくりおろした。そのピンサロの席はベンチシートで、背もたれが高い。目隠しの役割をしているわけだが、他の席から伝わってくる声や気配までは隠しきれない。そういう場所でイチモツをさらすのは、あまり気分のいいものではない。

「なんなの」

ミハルが鼻で笑った。

「なんで勃《た》ってねえんだよ。馬鹿にしてんのか」

ちんまりと縮こまっているペニスを、また三叉槍でツンツン突かれる。

勃てるのがおまえの仕事だろ！　と亀本は胸底《きょうてい》で絶叫したが、顔には出せない。ヘラヘラ笑いながら、

「おっぱい見せてもらっていい？」

と上眼遣いでささやく。

「やだよ」

ミハルが憎たらしい顔で言い放ったので、亀本は眩暈《めまい》がした。その店のホームページでは、おっぱい出し、おさわりアリを謳《うた》っていた。その他、ディープキス、手コキ、生フェラと、限りなくファッションヘルスに近いサービスが提供されるはずなのだ。

とはいえ、スマホでホームページを見せてそのことを主張してみたところで、

ミハルの機嫌を損ねるだけだろう。風俗店で女の子の機嫌を損ねても、いいことなんかひとつもない。正論が通じない恐ろしい世界と言っていい。どんな理不尽な目に遭っても、黙って従うしかないのだ。スカッと抜きたいのなら……。

「じゃあその……触ってもらえる?」

「自分でやれよ」

「はっ?」

「見ててやっから、自分でシコれ」

嘘だろ、と亀本は気が遠くなりそうになった。ピンサロとは、手コキやフェラで射精に導いてもらうところである。オナニーを見られると興奮する客は別として、普通だったらあり得ない。

「そんなぁ……可愛い顔して意地悪しないでくださいよぉ……」

亀本は卑屈な上眼遣いで言いながら、財布を出した。千円札を一枚抜いて、ミハルに握らせる。

「ふふっ、そんなにわたしにしゃぶってほしいんだ?」

ミハルは態度を急変させ、ほくほく顔で身を寄せてきた。

「おっ、お願いしますっ!」

「チンコだけしゃぶればいいの？」

息のかかる距離まで、顔が近づいてくる。顔だけは本当に可愛い。ぎりぎりまで眼を細めた表情がセクシーで、見つめあっているだけでイチモツが反応してしまいそうだ。

「……ぅんんっ！」

ミハルのほうからキスをしてきた。すかさず舌を差しだし、亀本の口の中に入れてくる。歯や歯茎はもちろん、口の中を隈無《くまな》く舐めまわしてから、舌をしゃぶりはじめる。

「ぅんんっ……ぅんんっ……」

はずむ鼻息は可愛らしくても、ミハルのキスは呆れるほどいやらしかった。舌がよく動くし、じゅるっと音をたてて唾液を啜《すす》ってくる。年齢はこちらの半分くらいだろうに、翻弄《ほんろう》されてしまう。

ミハルはさらに、ディープなキスを続けながら、亀本のワイシャツのボタンをはずしてきた。胸のあたりをふたつほどはずすと、右手が中に入ってきた。亀本はワイシャツの下に下着を着けないので、素肌をまさぐられた。さらに爪を立てて、乳首をコチョコチョとくすぐってくる。そうしつつも、いやらしいキスは続いている。

「ぅんぐっ！　ぅんぐぐっ！」

亀本は舌をしゃぶられながら、恥ずかしいほど身悶《みもだ》えた。乳首が敏感な体質なのだ。男の中には乳首がまったく感じないタイプもいるらしいが、亀本は逆だった。気がつけば、股間のイチモツは痛いくらいに硬くなり、隆々《りゅうりゅう》と反り返っていた。

「おおうっ！」

勃起しきったペニスを握られ、野太い声をもらしてしまう。キスが達者な小悪魔は、男の器官の扱い方もうまかった。ぎゅっと握ってきたのは最初だけで、あとは指を添えるようなソフトな触り方でしごいてきた。もちろん、ただソフトなだけではなく、緩急のつけ方がうまい。握る力、しごくスピードを小刻みに変化させて、中年男を追いこんでくる。唾液をツツーッと亀頭に垂らす。薄暗いピンサロの店内でも、糸を引いた唾液がキラリと輝き、包皮に流れこんだ唾液がニチャニチャと卑猥《ひわい》な音をたてる。

「むううっ！　むううっ！」

亀本の鼻息は、限界まで荒くなっていた。これほど手コキがうまいピンサロ嬢と出会ったのは初めてだった。ペニスに触られてから、まだ三分と経っていないのに、勃起しきったペニスの芯が疼《うず》きだした。射精の前兆である。

「くっ、咥《くわ》えてっ……咥えてくれない？」

上ずった声でフェラをねだった。射精をするなら、女の口の中がいい。これだけキスや手コキがうまいなら、フェラだって抜群に違いないと期待が高まる。

しかし……。

亀本の未来予想はあっさりと裏切られた。ミハルは愛撫を唐突に中断すると、密着していた体も離し、右手を上に向けて差しだしてきた。

追加料金をよこせ、ということらしい。

「そっ、そりゃあないよ……」

亀本は泣きそうな顔で言った。この店の料金は三千円のはずだ。先ほどの千円は、言ってみればこちらの気持ちであり、心付けなのである。

「じゃあ、自分で抜けば」

ミハルは唇を歪めた憎たらしい顔で言い放った。亀本はギリリと歯嚙みをしながら頭をひねった。さらに千円の追加料金を払えば、合計は五千円になる。それだけ払うのなら、最初からワンランク上のピンサロに行けたし、激安ヘルスでシックスナインを楽しむことだってできたかもしれない。これ以上の追加料金は、断固としてNOだ。

「ひっ、ひどいっ……ひどい女だ、キミはっ……」

亀本は涙ぐみながらイチモツを握りしめた。とにかく射精がしたかった。追加料金を払わないと決めた以上、そのためにできることはオナニーだけだ。ミハルが高めてくれた興奮が残っているうちに、一刻も早く出したい。

「アハハ、ホントに自分でやるんだ？」

ミハルが呆れたように笑う。

「アハハ、アハハ、顔真っ赤にしてお猿さんみたい。いまどういう気持ち？ピンサロに来てオナニーしているみじめな心境を詳しく解説して」

亀本は言葉を返さなかった。そのかわり、小悪魔コスプレのミハルを鬼の形相で睨みつけた。咎めているのではなく、脳内で彼女を犯すためだ。素っ裸に剝き、考えつく限りの恥ずかしい格好をさせて、鋼鉄のように硬くなった男根で滅多突きにしてやる……。

「ホントに自分で出すの？　たった千円払うだけで、わたしのフェラが味わえるんだよ。千円ケチッてみじめな思いをして、あなたなんのために生まれてきたわけ？　恥をかくために生まれてきた男よ、このままじゃ」

けっこう毛だらけだと、亀本は胸底で吐き捨てた。なるほど、ピンサロ嬢にフエラをしてもらえず、かといって「責任者を出せ！」と怒鳴り散らすこともできない自分は、みじめで恥ずかしい存在かもしれない。

だが、亀本はもともと、その程度の人間なのだ。四十二歳にもなって素人童貞で、女にはまったくモテない。容姿が極端に悪いわけではないのに、悪臭振りまくカメムシよろしく、異性に避けられる毒ガスでも放っているようだ。かといって金もなければ夢や希望もなく、勤めている零細オモチャメーカーからも馘《くび》になりそう。ピンサロでオナニーするくらい、どうってことないではないか……。

「おおおっ……でっ、出るっ……もう出るっ……」

すこすこ、すこすこ、とフルピッチでイチモツをしごきだすと、ミハルがうんざりした顔でティッシュの箱を差しだしてきた。亀本はティッシュを二枚抜きとり、射精のタイミングに合わせて亀頭に被せた。

「おおうっ！　うおおおーっ！」

ドクンッ、ドクンッ、とティッシュの中に精液を吐きだしているときは、まだよかった。すべてを出しきったあとに訪れた凍えるような雰囲気は、想像をはるかに超えていた。しらけきったミハルの冷たい視線に耐えつつ、ちんまりと縮こまったイチモツをブリーフの中にしまう気分は、ちょっとあり得ないほど絶望的だった。貧乏揺すりを始めたミハルに急《せ》かされながら服を直し、早々に席を立たされた。

亀本のいた席は、店のいちばん奥だった。ピンサロの席は、目隠しをするために背もたれが高いが、横の通路からはすべてが丸見えだ。いちばん奥の席ということは、誰かに見られることがないかわりに、行き帰りに他人の行為がすべて視界に入ってくる。

フル勃起しながら女の子に千円札を渡している男、女の子に股間を足蹴《あしげ》にされて悶えまくっている男、ドン引きするほどのブスにイチモツを咥えられて泣きながら悦《よろこ》んでいる男……。

地獄だった。激安料金で射精しようとする連中は、自分と同じようなみじめな恥さらしばかり……。

亀本は店を出ると、月も星も見えない漆黒の空を見上げた。春の空気は湿っていて、いまにも雨が降りだしそうだったが、雨より先に鳩の糞が顔に向かって落ちてきた。

第一章

1

近ごろ様子が変だった。

亀本自身は極めて通常運転、いつも通りに都会の底辺を這《は》いつくばうようにして生きているのだが、まわりがちょっとおかしい。

近所のコンビニ、駅の立ち食い蕎麦屋、会社の近くにある喫茶店、青汁スタンド、ラーメン屋、携帯ショップ――そういった日常的に立ち寄っている店の女性店員が、揃いも揃って急に愛想がよくなったのだ。

といっても、笑顔で「いらっしゃいませ」「ありがとうございました」と言ってくれるだけなので、普通と言えば普通なのだが、どこへ行っても異性からは冷たい対応しか受けたことがない亀本なので、胸騒ぎがおさまらなかった。

これはなにかの前兆に違いないと思った。

いいことの前触れならいい。風向きが突然変わって女運が急上昇、いわゆるモテ期に突入してくれるなら涙を流して大歓迎するが、自分の半生を振り返ってみると、どうにも悪いことの前触れのような気がしてならない。悪い病気にかかって余命一カ月と告げられるとか、不運な事故に巻きこまれていきなり命を落とすとか……。

「まあ、それならそれでいいけどな……」

会社から駅に向かって歩きながら、乾いた笑いがもれた。こんなろくでもない人生、いつ終わっても未練なんてひとつもなかった。今日も上司にこんこんと説教された。このまま成果をあげられない状況が続くと、今後の進退を考えてもらわなければならない——再就職なんてできるわけないので、絶対に自分からは辞表なんか出さないが、いずれ辞めさせられるかもしれない。そうなったら餓死だ。悪い病気や不運な事故より、よほど死ぬのがつらそうである。

「……ふうっ」

駅に吸いこまれていく人波の多さにうんざりし、亀本は裏通りにある酒場に向かった。自宅アパートは都心からかなり離れた郊外にある。通勤時間は片道一時間——酒でも飲まなければ満員電車に乗っていられない。

馴染みの店には、他に客が誰もいなかった。裸電球がぶら下がっている、昔ながらの立ち飲み屋だ。いまどきこんな昭和臭のする店がウケるわけがないので、いつも空いているところがいい。

飲む酒は決まっている。甲類焼酎の梅シロップ割りだ。ほとんどストレートなので、こいつは効く。三杯も飲めば嫌なことは全部忘れられるし、値段も一杯一九十円と激安だ。

最初の一杯を一分で飲み干し、二杯目をグビリと飲《や》ったときだった。

「お強いんですね」

いきなり声をかけられ、亀本は叫び声をあげてしまいそうになった。振り返ると、女がひとり立っていた。超がつくほどの美人だった。ハーフアップの髪に、ピンク色のシャツワンピースをまとった姿は女子アナふう。年齢は三十前後だろうか。とにかく、間違っても裸電球がぶら下がっている立ち飲み屋にいるタイプではない。

「わたしも同じものをもらおうかしら」

女は覇気というものがまったくない初老の店主に声をかけ、甲類焼酎の梅シロップ割りを飲んだ。きつかったらしく、顔をしかめてから恥ずかしそうに笑う。

亀本は夢でも見ているような気分だった。

この店の客は中年以上の男ばかりで、誰も彼も人生に疲れきった顔をしていた。亀本は十年以上この店に通っているが女の客なんて見たことがないし、彼女は彼女で、白金《しろかね》あたりのオープンカフェで紅茶でも飲んでいそうな雰囲気なのだ。ミスマッチにもほどがある……。

「よくこのお店で飲まれるんですか？」

しかも、気さくに話しかけてくる。もしかしたら知りあいかもしれないと、亀本は記憶を必死でまさぐったが、思いだせなかった。そもそも亀本に、美人の知りあいなんていない。最近ちょっとばかり風向きが変わったとはいえ、サービス業の女にさえ塩対応をされてきたのだ。女教師や女医、友達の姉や妹まで、異性という異性に亀本は冷たい眼を向けられてきた。

「わたし、こういう渋いお店が大好きなんです。初めて来たのに、なんだか懐かしい感じがするじゃないですか」

「なっ、なるほど……」

亀本はこわばった顔でうなずいた。最近は、負け犬男のオアシスのような酒場に怖い物見たさで足を運ぶ、若い女も少なくないらしい。スラムツーリズムのようなものだろうが、その手の類《たぐ》いだろうか？

「おすすめのおつまみとかって、あります？」

「えっ……」

亀本は返答に困った。その店にはまともなつまみがほとんどなかった。ポテトサラダ、ハムカツ、煮こごり――どれもスーパーの安売り品のほうがマシなくらいで、マグロやイカなどの刺身に至っては鮮度が不安で頼んだことすらない。

「おっ、おしんこですかねえ……」

亀本は普段、空酒を決めこんでいるが、どうしてもなにかつまみたくなったら、おしんこを頼む。

きつそうだったわりに気に入ったらしく、彼女は店主に早くも焼酎のおかわりとおしんこを頼んだ。ここのおしんこは、白菜の漬け物だ。

「しっ、七味をたっぷり振るとおいしいですよ」

せっかくなので、亀本はひと言アドバイスした。正確には、七味でも振らないと味もそっけもないのだが。

「へええ、そうしてみます」

女は言われた通りにたっぷりと七味をかけた白菜の漬け物を食べた。

「おいしいですね」

眼を丸くして笑う。

「お酒が甘いから、七味のピリ辛がとっても合う。ありがとうございます。いいおつまみ紹介していただいて」

それほどのものじゃないだろ、と亀本は胸底でつぶやいた。しかし、嬉しくなかったわけではない。彼女は本当に、この手の店が好きなのかもしれなかった。ならば同志と言えないこともない。

「渋い居酒屋がお好きでしたら、やっぱり東京の東側がいいですね。浅草《あさくさ》、千《せん》住《じゅ》、根岸《ねぎし》、立石《たていし》……とくに京成線沿線が熱い」

「へぇえ、お詳しいんですねえ」

「それほどでも」

亀本は苦笑したが、内心では得意になっていた。家族もなく、恋人もいない四十二歳、ギャンブルをする金もないから、休日は安酒場巡りくらいしかすることがないのだ。昼間から飲める店が当たり前にあるので、明るいうちから飲み歩いている。

「よかったらですけど……」

女はハンドバッグからスマホを取りだした。まさかとは思うが、連絡先を交換しようというのだろうか？

「おすすめのお店に、今度一緒に連れていっていただけません？　わたし、生まれてからずっと世田谷《せたがや》なんで、東京の東側は詳しくなくて……」

スマホの画面がＬＩＮＥになった。

「わたし、瀬島麻美《せじまあさみ》っていいます」

「かっ、亀本です……亀本正史……」

麻美と名乗った女は、スマホを手にして笑っている。

「ＬＩＮＥ、交換してもらえます？」

「えっ、ええ……」

亀本はあわててポケットからスマホを出した。ＱＲコードを使って、麻美を友達に追加した。

「わたし、夜ならたいてい空いてますから。連絡してください」

麻美は自分の分の勘定を済ませると、ピンク色のワンピースの裾を翻《ひるがえ》して、颯爽《さっそう》と店から出ていった。

2

これは事件だった。

とても自分ひとりでは受けとめきれないと思った亀本は、立ち飲み屋から出るなり、友人の福沢和志《ふくざわかずし》に電話をかけた。

「おう、亀ちゃん。元気してた？」

福沢の声が明るかったので、亀本は安堵の胸を撫で下ろした。彼とは高校時代からの仲で、お互いに絶望的にモテなかった。だが、そんな境遇を悲嘆しているばかりの亀本とは違い、福沢はたぎりにたぎるモテないパワーをひとコマにぶつけ、エロ漫画家としてデビューした。

そこそこ人気があるらしいので、締め切り前の修羅場中だと死にそうな声で電話に出る。そういうときはさすがに誘えないが、明るい声をしているいまなら大丈夫だろう。福沢もまた、無類の酒好きだし……。

「あのさ、福ちゃん。ちょっと話があるから一杯やらない？　上野《うえの》あたりまで出てこいよ」

「へっ？　おまえって超能力が使えるの？」

「なんのことだよ」

「いやね、俺もちょうど亀ちゃんに話があったとこなの」

「そうなんだ」

「実は俺、近々結婚するんだ。披露宴とかの予定はないけど、誰よりも先に亀ちゃんに報告したかった」

「うっ、嘘だろ……」

亀本は絶句した。激しい眩暈《めまい》が襲いかかってきて、もう少しでその場にしゃがみこんでしまうところだった。

福沢は女にモテない。亀本が知っている中でも最強にモテないかもしれない。モテないことを誇りにしているからだ。「俺はエロ漫画と心中する」が口癖で、オナニストであることを公言し、その日の射精回数をＳＮＳにアップすることを日課にしている。そんな男がモテるわけがない。

「どっ、どういうことなの？　ってゆーか、どこの誰が相手なわけ？　詳しく教えてよ」

「まあまあ、上野まで出ていくから飲みながら話そうぜ」

「マジかよ……マジで結婚なんて……」

「じゃあ、三十分後にいつもの店な」

電話が切れても、亀本はすぐには歩きだせなかった。スマホを持つ手がわなわなと震えていた。立ち飲み屋で逆ナンされたくらいで喜んでいたさっきまでの自分を、ぶん殴ってやりたくなった。

あの福沢が結婚……。

四十二歳にして……。

相手が若いカワイコちゃんだったりしたら、正気を保っていられないかもしれない。


亀本がJR線の高架下にある激安居酒屋に到着すると、福沢はすでに生ビールのジョッキを傾けていた。カウンターではなく、テーブル席のいちばん奥だ。じっくり話をしたいという心積もりが伝わってきた。

「……早かったな」

亀本は唸るような低い声で言いながら、向かいの席に腰をおろした。

「なんだか気持ちが急《せ》いてね、タクシーで来ちまった」

福沢は余裕の笑みを浮かべている。

亀本はやってきた店員にレモンサワーを頼むと、

「結婚おめでとう」

神妙な顔で乾杯した。高校時代からの友として、祝福の言葉を贈るのは当然のマナーだ。しかし、あとは無礼講である。

「それで、相手はどんな人なんだい？」

「歳は二十二」

「はっ？　冗談だろ、二十も下かよ……」

「そういうことになるね」

「どうやって知りあったんだ？」

「逆ナンだな」

「はあ？」

「神田《かんだ》の画材屋で買い物してたら、声をかけられた」

「店員と間違われたんじゃないか？」

「俺も最初はそう思ったよ。こっちのペンとこっちのペン、どっちの色が綺麗だと思います？　みたいな感じで声をかけてきたから」

「へええ……」

「でもそのあと、アドバイスしていただいたお礼にお茶でもご馳走させてください、なんて言われてさ」

「たいしたアドバイスでもないのに?」

「だから逆ナンなんだって。ピンとくるものがあったんじゃないの。俺がエロ漫画家だって言っても全然引かないし、クリエイティブな仕事してる人って素敵、なーんて言われてさ」

「なにがクリエイティブだよ」

「彼女、地下アイドルなんだ」

「ええっ?」

「地下アイドルって経済的にけっこう大変らしくてね。バイトの掛け持ちをいくつもして……それでもなかなか人気に火がつかず……」

「画像とかないの?」

「見たいの?」

「そりゃ見たいだろ」

ドクンッ、ドクンッ、と亀本の心臓は破裂しそうに高鳴っていた。地下でもアイドルなら、画像のひとつくらいあるだろう。ブスならいい。ディスったりするつもりはないが、心の平穏は保てそうだ。だが、可愛かったら……。

「ほら」

福沢がスマホを向けてくる。スポットライトを浴びている女の子が映っている。ステージ衣装なのだろう、アイドルっぽい赤いチェックのミニスカートだ。可愛かった。これはまさしく「若いカワイコちゃん」だ。若くて可愛いだけではなく、とんでもない巨乳でもある。ピンサロに行ってこの子が出てきたら、奇跡の大当たりと小躍りしたくなるだろう。

「おまえ、嘘ついてない？」

亀本は怪訝な眼つきで福沢を見た。

「二十も年下のこんな可愛い女の子が、どうしておまえのことなんか……地下とはいえアイドルなのに……なんで四十二歳のおっさんに……」

「なに言ってんの、おまえ？」

福沢も怪訝な眼つきになった。

「おっさんだから、じゃないか」

「はあ？」

「だって俺、逆ナンされたの初めてじゃないぜ。飲み屋で声かけられるのは日常茶飯事だし、デパートに行けば店員が連絡先を渡してくるし、こないだなんて区役所の職員にまで逆ナンされそうになったもんな。こっちは婚姻届取りにいってるのに……」

「マジか……」

「ただね、俺にもオナニストとしての意地があるから、最初は相手にしなかったんだよ。俺はエロ漫画と心中する、女なんかいらないって……でも、彼女には負けたね。若いだけじゃなく、可愛いだけじゃなく、すげえ床上手なんだよ。俺の右手もノックアウト」

「ホントかよ……」

亀本はほとんど泣きそうだった。

「どうしてそんな突然モテモテに……なんだか急に、福ちゃんが遠い人に見えてきたよ……」

「おまえモテてないの？」

「モテてないよ！」

「嘘だろ」

「嘘じゃないよ！　昔通りさ」

「おかしいな……」

福沢は腕を組んで首をかしげた。

「おっさんこそ、いまはモテモテ……」

亀本は手をあげて遮った。

「それさっきも言ってたたけど、なにを根拠にそんなこと……」

「亀ちゃん、〈家族支援法〉って知らない？」

「知ってるさ、それくらい」

〈家族支援法〉は三年ほど前に施行された新しい法律だ。２０××年、少子化対策と未婚率の増加がいよいよのっぴきならなくなったと判断した政権が、結婚して子供をもうければ各家庭に一千万円の支援金を出すという、すさまじく大胆な政策を実現させたのである。

だが、その新法が施行されたとき、亀本はすでに四十路に手が届きかけていた。政府が奨励しているのは二十代、せいぜい三十代前半の若い男女の結婚であり、自分には関係ないと思った。だいいち、いくら金を積まれたって、愛がなければ結婚はできないだろう。自分のような男を愛してくれる女がいるとは思えず、亀本はそんな法律とは無縁と思っていた。

「俺たちに関係ない話だろ？」

福沢が笑う。

「たしかにね、当初は若い連中の結婚ばかりもてはやされてたけど、二十代のめぼしい男なんてこの三年でみんな結婚しちまったんだよ。おまけにいまの二十代から三十代前半は、男は草食系が増えて結婚を志向しないのが大量発生した。つまり、結婚適齢期の女が余ってるわけだ。ってなると、結婚できた女は勝ち組ってことになって、独身女はマウントとられるよな？　金はもちろん欲しいんだろうけど、女ってマウントとられるの大っ嫌いじゃん。だからもう、おっさんでもなんでもいいから結婚したいって女が、大量発生してるってわけ」

福沢によれば、近ごろは税制でも公営住宅への入居でも、行政は子持ちの夫婦を徹底的に優遇しているらしい。あるいは飲食店、百貨店、レジャー施設なども、ターゲットを子持ちの夫婦に絞っているという。国から一千万円もらってお金をもっているからである。

「いつの間に……」

そんな世の中になっていたのかと、亀本は唖然とした。なるほど、そういうことになってるなら、おっさんでもいいから結婚したいという女が大量発生してもおかしくない。

「昔から思ってたんだけどさ……」

　福沢が言いづらそうに言った。

「亀ちゃんって、そういうところちょっと鈍いじゃん？　チャンスがあっても逃がしちゃってるっていうかさ。本当になんにもない？　店員の女が急に愛想よくなったとか、飲み屋で女に声かけられたとか……」

　もちろん、あった。そもそも立ち飲み屋で逆ナンされた話をしたくて、亀本は福沢に電話したのである。その前段階では、店員の女が急に愛想がよくなったというのも感じていた。

　これは吉兆なのか、凶兆なのか――もはやそんな考え方をする必要はなくなったらしい。

「ありがとう、福ちゃん」

　亀本は財布を出し、レモンサワー代をテーブルに置いた。

「正式に入籍したら花でも贈る。子供ができたらオムツがいいか……とにかく勇気が出た。俺も頑張ってみる」

　余裕の笑みを浮かべてうなずいている福沢を残し、亀本は店を飛びだした。チヤンスの神様には前髪しかないらしい。激安酒場で安酒を飲んでいる場合ではない。瀬島麻美にＬＩＮＥをするのだ。

3

一週間後、亀本と麻美は鶯谷のラブホテルにいた。

平日の午後九時、界隈の渋い居酒屋を二軒ほどはしごし、ほろ酔い気分でホテルに誘うと、麻美はあっさりついてきた。

素人童貞の亀本は、デリヘル嬢を呼ぶためにしかラブホテルを利用したことがなかった。デリヘルの場合はひとりで先に部屋に入るが、素人の女とは一緒に建物に入らなければならない。

ひどく緊張した。無人フロントの巨大なパネルで部屋を選ぶときの気まずい間、やたらと狭くて上昇スピードの遅いエレベーター、無料でもらえる入浴剤はもらったほうがいいのか悪いのか、なにもかもが緊張の要因となった。

もちろん……。

もっとも緊張を誘ったのは、白地に淡い花柄も清らかなワンピースに身を包んだ麻美の美貌だった。女子アナふう、という第一印象は崩れることなく、美しさと可愛らしさ、気品と清潔感を詰めあわせたような容姿に、圧倒されるばかりだった。

この一週間のＬＩＮＥのやりとり、そして渋い居酒屋で会話を交わしてわかった彼女のプロフィールは、以下のようなものだ。

年齢は三十歳ちょうど。目白《めじろ》にある女子大を卒業後、大手自動車メーカーの受付嬢として五年間勤務。二十七歳のとき、友達が経営するエステサロンを手伝うために受付嬢を退職。趣味は料理とピアノとフラワーアレンジメント。接待で覚えたゴルフの腕もちょっとしたものらしい。

その容姿にして、このハイスペック。完璧としか言い様がないプロフィールに、亀本は自分の話ができなくなった。デザイン系の専門学校を中退してから、工業デザインの職を転々とし、三十歳のとき現在も勤めている零細オモチャメーカーの企画営業部に落ちついた。しかし、このところプレゼンが絶不調で、どのクライアントからも採用を見送られている。これ以上結果を出せなければ、解雇の憂き目に遭うかもしれない……。

だが、男と女は学歴や職歴で結びつくわけではないだろう。いちばん大切なのは、どう考えてもセックスだ。体の相性がよければ、すべてを乗り越えて愛しあうことができるはずである。

麻美にしても、そう思っているに違いない。相手の男はひとまわりも年上の冴えない中年男——他のことにはなにも期待しないが、せめてセックスだけは人並みであってほしい。セックスさえ悪くなければ、他のことには眼をつぶって結婚する。結婚して勝ち組になる……。

(大丈夫、大丈夫、大丈夫……)

亀本は必死で自分に言い聞かせた。素人童貞とはいえ、格安ソープで抱いた女の数は、ゆうに五十人を超えるのだ。ピンサロだって、いつもいつもオナニーばかりしているわけではない。何十人もの女に、フェラで抜いてもらった経験は無駄ではないと思いたい。

それでもやはり、素人の女は怖かった。窓のない部屋の中でぼんやり立ち尽くしている麻美を、一刻も早く抱きしめるべきなのに、できなかった。今後の人生を左右するベッドインである。勇気を振り絞って一刻も早く……。

「あっ、麻美さんっ!」

自分を奮いたたせるように声を張り、麻美に身を寄せていった。思いきって抱きしめると、腕の中に包みこんだ細い体があまりにも女らしく、金縛りに遭ったように動けなくなった。

麻美が不思議そうな眼つきでこちらを見つめてくる。視線と視線がぶつかりあう。それがまた金縛りに拍車をかける。

亀本は勃起していた。部屋に入ったときから、いや、なんならラブホテルの建物に入った瞬間から痛いくらいに勃起していたが、それと同じように全身がこわばって指一本動かせない。

「どうしたんですか？」

麻美が心配そうに訊《たず》ねてくる。

「いっ、いや、そのっ……なんていうかっ……恥ずかしながら、こういうことに慣れてないもので」

「ふふっ」

麻美が意味ありげに笑った。

「なんとなく、そんな気がしてました」

「いい歳して情けない……」

亀本はおのれの体たらくに顔を歪めたが、

「いいえ。そういうところに好感をもったんです、わたし……」

麻美はささやくように言った。次の瞬間、女の細い手が、亀本の頰を包んだ。ひんやりして感じられたのは、こちらの顔が熱くなっているからだろう。チュッ、と音をたててキスをされた。いやらしい感じのしない、親愛の情を示すような口づけだった。いやらしい感じがしなくても、素人の女の唇に自分の唇が接触したという事実に、亀本は気が遠くなりそうになった。

女子アナふうの美女である麻美の顔は、間近で見ると怖いくらいに綺麗だった。大きな眼、すっと通った鼻筋、サクランボのように赤い唇——美人というのは、近くで見れば見るほど綺麗に見えるものだということを、四十二歳にして初めて知った。

「大丈夫」

麻美はまぶしげに眼を細めたセクシーな顔でささやくと、

「わたしに全部まかせて。ね。心配しないで大丈夫だから……」

亀本の上着のボタンをはずしはじめた。会社帰りなので、スーツを着ていた。それを脱がされ、ネクタイもとかれる。ワイシャツまで丁寧に脱がされると、麻美はもう一度、チュッと音をたててキスをしてくれた。

「ベッドで待ってて」

「はっ、はい……」

亀本はうなずくと、ベッドに腰をおろした。顔が燃えるように熱く、心臓がすさまじい勢いで早鐘《はやがね》を打っていた。ひとまわりも年下なのに、麻美のことが女教師にも見えてきた。セックスの教師だ。気がつけばこちらはブリーフ一枚——いや、靴下をまだ履いていることに気づき、あわてて脱いだ。

麻美も服を脱ぎはじめる。こちらに背中を向け、淡い花柄の白いワンピースを脚から抜く。

亀本はもう少しで声をあげてしまうところだった。ゴールドベージュのランジェリーが、三十歳のボディを飾っていた。一見地味な色合いだが、生地に光沢があるし、パンティにバックレースがついているから、安物ではなさそうだ。

そのパンティを透かせているのが、ナチュラルカラーのパンティストッキング。男という生き物は、どうして女のパンスト姿が好きなのだろうか？　もちろん、女がそれを見られるのを恥ずかしがるからだろうが、生まれて初めて目の当たりにした素人女のパンスト姿に身震いがとまらなくなった。

それよりなにより、服を着ていたときはすらりとして見えたのに、麻美は三十歳なりの熟れたスタイルをしていた。着痩せするタイプというか、服を着ていると気品や清潔感のほうが勝って見える。

だが、ワンピースを一枚脱いだいまは……。

ほどよく脂ののった背中も、しなやかにくびれた腰も、小ぶりながら女らしい丸みのあるヒップも、セクシーさばかりを訴えてくる。

麻美は背中を向けたままストッキングを脱ぎ、ゆっくりと振り返った。

亀本は思わず立ちあがってしまった。

ゴールドベージュのパンティはかなりのハイレグで、股間にぴっちりと食いこんでいた。巨乳という感じはしないのに、ハーフカップのブラジャーが見せつけてくる胸の谷間が、やけに深い。

「横になりましょう」

ささやきながら、麻美がこちらに近づいてくる。ベッドカバーを剝がし、真っ白いシーツの上に亀本をうながす。添い寝するようなポジションで、ふたりで横になる。

亀本は再び、金縛りに遭ったように動けなくなった。それどころか、息もできない。顔中から汗が噴きだしてくる。

麻美が体を密着させてきたからである。こちらはブリーフ一枚、向こうはパンティとブラジャーだけだから、必然的に素肌と素肌がぴったりとくっつく。体温が伝わってくる、もちろん、女の柔肌のなめらかさも……。

「むうっ！」

テントを張っているブリーフの前を触られ、亀本はのけぞった。麻美は本当にごく軽く、さわっ、と撫でてきただけだった。それでも、パンパンに膨張してブリーフに締めつけられているペニスなので、体中の血液が沸騰していくような興奮状態に陥った。

麻美はそれを見透かしたように、さわさわっ、さわさわっ、とテントの頂点を撫でさすってくる。竿の形状をなぞるように指を這わせては、時折ぎゅっと握りしめる。

「むうっ！　むううっ！」

亀本は歯を食いしばって身をよじった。相手がプロの風俗嬢なら、恥も外聞もなくのたうちまわっていただろう。それほど感じていた。相手がプロではなく素人の女だからこそ、こんなにも感じているのだろうか？

「気持ちいい？」

麻美が眼を細めて見つめてくる。照れ隠しなのかなんなのか、こういう場面で風俗嬢はたいてい笑う。だが、麻美は笑っていない。愛おしさを視線にこめるような眼つきで、身悶《みもだ》える亀本の顔を見つめてくる。

「きっ、気持ちいいですっ！」

亀本が上ずりきった声で言うと、

「じゃあ、もっと気持ちよくなって……」

麻美は長い髪をかきあげながら、亀本の胸に顔を近づけてきた。一瞬、なにをされるのかわからなかった。麻美は乳首を舐めてきた。男にしては敏感であることを自負する、亀本の乳首を……。

「ぐっ！　ぐぅぬううううーっ！」

亀本は首に何本も血管を浮かべて悶えに悶えた。男の乳首を舐めつつも、麻美はブリーフのテントを撫でさするのをやめていなかった。ペロペロッ、ペロペロッ、と乳首を舐めては、さわさわっ、さわさわっ、とブリーフ越しに亀頭を刺激してくる。竿をなぞっては、時折ぎゅっと握りしめる。

亀本は泣きそうだった。あまりの気持ちよさに、感極まってしまいそうだった。はっきり言って、ナンバーワン・テクを売りにしている風俗嬢にさえ、ここまで翻弄《ほんろう》されたことはない。まだブリーフすら脱いでいないのに、射精がしたくてしようがない。

「あっ……」

ブリーフをめくりおろされた。勃起しきったペニスが唸りをあげて反り返ると、麻美は亀本の顔と股間を交互に眺めた。

「いっぱい出てるね……」

人差し指で鈴口をちょんと触り、我慢汁に糸を引かせる。やたらと粘っこく見えるのが、我ながらいやらしい。

麻美は上体を起こすと、亀本のブリーフをすっかり脱がした。それから、両脚の間に陣取って、四つん這いになる。反り返っているペニスに向かって、女子アナふうの美しい顔を近づけてくる。

「むうう っ……」

吐息《といき》を軽く吹きかけられただけで、亀本は身をよじった。そそり勃ったグロテスクな男根と、女子アナふうの美貌のコントラストがエロすぎる。麻美はただ美しいだけではなく、フェラチオなんて絶対にしないような顔をしている。だが、彼女も三十歳の生身の女。オーラルセックスの経験くらいいくらもあるのだろう。

「……ぅんあっ！」

唇をいやらしいＯの字にひろげると、亀頭をぱっくりと咥《くわ》えこんだ。

「ぬううっ！」

生温かい口内粘膜の感触が気持ちよすぎて、亀本の腰は反り返った。

4

「ぅんんっ……ぅんんっ……」

小気味いいリズムに乗って、麻美が唇をスライドさせてくる。頭を上下に振りながら、右手はペニスの根元に添えてゆっくりとしごく。

そうしつつ左手で長い髪をかきあげては、亀本に眼を向けてきた。まるで、ペニスを口唇に咥えている自分の顔を見せつけるように……。

「おおおっ……おおおおっ……」

亀本は野太い声をもらしながら、ベッドの上でのたうちまわった。しゃぶり方もうまかったが、ヴィジュアルも衝撃的だった。なにしろ、女子アナを彷彿《ほうふつ》とさせるほどの美女の、フェラチオシーンなのだ。麻美が長い髪をかきあげてこちらを見ると、インパクトは倍増だった。このシーンを思いだすだけで、これから何十回、何百回と自慰に耽れるだろうと思った。

おまけに、テクニックのほうも玄人はだしだった。

麻美がそこに陣取っているので、亀本は必然的に少し両脚を開いている。麻美はそそり勃った男根をしゃぶっては舐め、舐めてはしゃぶっているのだが、その途中で、肉竿の裏側を下から上まで舐めてくることがある。それが何度か繰り返されたのち、玉袋の裏にまで舌が這ってきた。興奮のため体にめりこまんばかりになっている睾丸を、ねろねろ、ねろねろ、と執拗《しつよう》に舐めまわしては、再び肉竿の裏側に舌を這わせる。

そんな淫《みだ》らな舌技を披露しつつも、右手は男根の根元をしごきつづけている。決して強いしごき方ではないが、時折ぎゅっと握られるので、亀本は声をあげて腰を反り返す。

「ああっ、おいしいっ……亀本さんのオチンチン、とってもおいしいっ……」

麻美はうわごとのように言いながら、口腔奉仕に没頭していく。唾液の分泌量が多いらしく、男根はテラテラと濡れ光っているし、彼女の口のまわりもはしたないまでに唾液まみれだ。

それでも髪を振り乱し、一心不乱に男根を舐めしゃぶる姿には、いやらしいを通り越して鬼気迫るものがあった。

なるほど……。

このベッドインに人生を賭けているのは亀本ひとりではなく、麻美も同じなのだ。容姿は美しくても抱き心地の悪い女と思われたくないのである。昼は淑女のように、夜は娼婦のように――男の願いはそれに尽きる。となれば、普段は秘めている性的魅力を精いっぱいアピールして、亀本からプロポーズの言葉を引きだそうと必死になるのもうなずける。

「ねえ……」

麻美が上眼遣いを向けてきた。

「わたし……もう欲しくなっちゃった……」

亀本は一瞬、自分の耳を疑った。こちらはたっぷりとフェラをされ、いつでも挿入ＯＫの状態だが、麻美にはなにも愛撫をしていない。それどころか、ゴールドベージュのブラジャーとパンティすら着けたままだ。

亀本の不安をよそに、麻美は腰にまたがってきた。騎乗位の体勢だが、まだ上下の下着を着けたままである。しかも、亀本はスキンを着けていなかった。麻美のほうから装着をうながす言葉もない。

いったいどうするつもりだろうと思っていると、パンティのフロント部分を片側に寄せた。かなり強引に結合できる状態にしたわけだが、もちろん、股間に茂った黒い草むらが露わになった。

（うわあっ……）

ごくり、と亀本は生唾を呑みこんだ。女子アナふうの顔立ちに似合わない、かなりの剛毛だった。茂っている面積も広ければ、黒々として獣じみている。

麻美は唾液まみれの男根に手を添え、性器と性器の角度を合わせると、

「んんんっ……」

眉根を寄せたいやらしい顔で腰を落としてきた。ずぶっ、と亀頭が埋まった感触に、亀本の息はとまった。

（マッ、マジかっ……生で入れちゃったよっ……）

格安ソープに通いつめていたことがある亀本だが、本番行為にスキン着用が義務づけられている店ばかりだった。つまりこれまでの人生で、生で結合したことなんて一度もない。

それは衝撃的な体験だった。勃起しきったペニスがずぶずぶと呑みこまれていくと、スキン着用のときとはまるで違う生々しい快感が押し寄せてきた。

（なっ、なんだこれはっ……）

亀本は限界まで眼を見開いて、麻美を見上げた。彼女は最後まで腰を落としきっていたが、まだ動いていなかった。もちろん、亀本だって動いていない。ただ結合しただけの状態なのに、肉穴の内側にびっしり詰まった肉ひだが、蠢《うごめ》きながら男根にからみついてくる。まるで大量の蛭《ひる》でもそこに棲息しているかのような感じだ……。

「ああっ、いいっ……」

麻美の声は、熱っぽいウィスパーボイスに変わっていた。眼を見開いている亀本とは反対に、ぎりぎりまで眼を細めている。

「亀本さんのオチンチン、とっても大きい……ねえ、動いてもいい？　はしたなく腰を動かしても、わたしのこと軽蔑しない？」

親指の爪を嚙みながら見つめられ、亀本は泣きそうな顔でうなずくことしかできなかった。

麻美が腰を使いはじめる。まずはゆっくりと、股間を前後に動かす。愛撫をしていないにもかかわらず肉穴の中はよく濡れていて、性器と性器がスムーズにすべる。スムーズではあるが、締まりはいい。麻美が腰を振りたてるほどに、内側の肉ひだが男根に吸いついてくる。

「おおおっ……おおおおっ……」

亀本は首にくっきりと筋を浮かべ、野太い声をもらした。

なんだか、快感が心と体を覚醒させ、金縛りがとけたようだった。そうなると、じっとしていることなんてできない。騎乗位で腰を振りたてている麻美の胸に、両手を伸ばしていく。ゴールドベージュのブラジャーの上から、ふたつの胸のふくらみをぐいぐいと揉みしだく。

結合までしているのに、どうしてまだ上下の下着を着けているのか、亀本にはわからなかった。しかし、悪くない。高級感のある生地の光沢と色合いが、三十歳の女子アナふう美女をことさらキラキラと輝かせている。よく見れば、ネックレスやイヤリング、ブレスレットなどのアクセサリーもつけたままだ。セックスのときでも自分を飾るのを忘れない、意識高い系の女なのだ。

「あああーっ！」

ブラ越しに双乳《そうにゅう》を揉みくちゃにされた麻美は、腰使いに熱をこめてきた。眉根を寄せ、眼の下をねっとりと紅潮させ、ハアハアと息をはずませながら、ぐいぐいと腰を振りたててくる。

だがやがて、それだけでは飽き足らなくなったようで、両膝を立てた。男の腰の上でいやらしすぎるM字開脚を披露すると、女の割れ目で男根をしゃぶるように股間を上下に動かしはじめた。

亀本は啞然とした。麻美ほどの美女が行なうにしては、その体位はあまりにもいやらしすぎた。なにしろ、結合部が見えていた。陰毛が濃いめの麻美だが、それは恥丘の上だけらしく、性器のまわりは綺麗なものだった。おかげで、アーモンドピンクの花びらが、ぴったりと男根に吸いついている様子がよく見える。男根のほうも発情の蜜をたっぷり浴びてヌラヌラと濡れ光り、自分のものとは思えないほど卑猥《ひわい》な姿になっている。

「ああっ、見てっ！　もっと見てっ！　麻美のオマンコがオチンチン食べてるところ、もっと見てええぇーっ！」

ずちゅっぐちゅっ、ずちゅっぐちゅっ、と肉ずれ音をたてながら、麻美が叫ぶ。この女、実はド淫乱なのかもしれないと亀本は思ったが、彼女ほどの美人であれば、興奮を誘うだけだった。

それに、たとえド淫乱だったとしても咎めることはできない。ラブホテルの部屋で女とふたりきりになるなり、金縛りに遭ったように動けなくなる素人童貞の四十二歳よりずっとマシだ。

「あああっ……はぁあああっ……はぁあああっ……」

麻美の腰の動きが再び、上下運動から前後運動に変わった。股間をぐりぐりとこすりつけてくるやり方も呆れるほどいやらしかったが、そうしつつ上体を前に倒してきた。両脚を立てたまま、男の乳首をチロチロと舐めはじめた。

「むううっ！」

亀本は顔を真っ赤にしてのけぞった。

いわゆるスパイダー騎乗位――両脚を立てたまま上体を倒す格好が蜘蛛《くも》に似ていることから命名された体位だと思うが、こんなものＡＶの世界でしかお目にかかれないと思っていた。

しかも、亀本にとって乳首は敏感な性感帯だ。性器と性器をこすり合わせながら舐めたり、吸ったり、甘嚙みされたりすると、激しく身をよじらずにはいられなかった。自分が四十二歳の中年男でよかったと思った。もし精力あふれる二十代だったら、この時点で暴発していたに違いない。

「あぁっ、麻美さんっ！　麻美さんっ！」

いまにも感極まりそうな声で叫び、麻美を下から抱きしめた。そろそろ反撃に転じなくては、本当に暴発まで追いこまれてしまうかもしれない。

いい歳をして、それではあまりにも情けないだろう。恥も外聞も捨ててアピールしてきている麻美に、少しはいいところを見せなくては男がすたる。彼女にも気持ちよくなってもらわなければ……。

「ぅんんっ……ぅんんっ……」

唇を重ねた。すぐにお互いが舌を差しだし、口の外でからめあう淫らなディープキスになる。いままで防戦一方だった亀本は、積極的に麻美の舌をしゃぶりまわした。じゅるっ、じゅるるっ、と唾液を啜《すす》って嚥下した。

（あっ、甘いっ……なんて甘い唾液だっ……）

美女の唾液とはこんなにもおいしいのかと感嘆してしまう。下から抱きしめているので、ブラジャーのホックは手の届くところにあった。はずしてしまい、麻美の上体を少しだけ起こしてカップをめくる。ふたつの胸のふくらみが恥ずかしげに姿を現す。

巨乳とは言えないサイズだが、形のいい美乳だった。裾野には量感があるし、隆起の迫りだし方に迫力がある。思ったよりも乳首が黒めだったけれど、それもまた、濃いめの陰毛と同じで興奮を誘ってくる。

「あううーっ！」

すかさず乳首を口に含むと、麻美は艶めかしい声をあげた。乳首がとびきりの性感帯らしい。自分と一緒だと亀本は内心でニヤつきながら、左右の乳首を交互に吸いたてた。そうしつつ迫りだした隆起を揉みしだけば、麻美はひいひいと喉を絞ってよがり泣く。

上になっている彼女は、自分で腰を動かしていた。立てていた両膝を前に倒し、左右の太腿《ふともも》で男の腰を挟みながら、クイッ、クイッ、と股間をしゃくる。どこまでもいやらしい腰使いで、男を翻弄しようとする。

5

翻弄されてもべつによかった。

風俗ユーザーの亀本は、元より受け身のセックスが嫌いではないし、相手が麻美のような美人なら、どんなセックスだって楽しめる自信がある。

だが、これは単なるセックスではない。

お互いに、結婚相手として相応《ふさわ》しいかどうか見極めようとしている、言ってみればテストのようなものなのだ。

もちろん、麻美ほど容姿に恵まれ、スペックが高ければ、マグロであってもいいかもしれない。たとえベッドでのサービス精神が足りなくても、亀本のほうから断ることなんてできるわけがない。

しかし、麻美が亀本を見る目は、もっとシビアに違いなかった。すべてが残念な冴えない中年男なのだから、せめてセックスくらいは満足させてほしいと思っている可能性が極めて高い。

となると、麻美に翻弄されたままでは、テストに不合格になる恐れがある。部屋でふたりきりになってからここまで、亀本はいいところをひとつも見せていない。麻美のほうは緊張して金縛りに遭っている年上の中年男をリードし、玄人はだしのフェラテクを披露し、騎乗位でみずから腰を使って結合部まで見せつけてくるなど、加点ポイントばかりなのに、こちらはゼロなのだ。

このままではまずい、と思った。

せめて一度くらいはイカせてやらなくては、二度と亀本とセックスしたいとは思わないだろう。

「あっ、麻美さんっ！」

亀本は声をかけ、彼女の動きをとめた。抱きしめたまま上体を起こし、体位を変える。騎乗位から正常位へ――素人童貞だって、そのくらいのことはできる。

上体を覆い被せた体勢で、至近距離から美しい顔を見つめると、

「気持ちよくしてくれるの？」

麻美は甘えるような声でささやいた。薄暗い部屋の中でも、彼女の顔が生々しいピンク色に染まっているのがわかった。ハアハアと息もはずんでいる。あれだけ腰を動かしたのだから当然だ。

「気持ちよくさせてください」

亀本は宣言するように言うと、ゆっくりと腰を動かした。二、三度抜き差ししただけで、あまりの快感に気が遠くなりそうになった。同じようなことをしていても、女に腰を使われるのと自分で腰を使うのとでは、快楽の質が違った。もちろん、自分で腰を使ったほうが気持ちいい。しかもこれは、人生初の生挿入、夢中になって腰を振らずにはいられない。

「ああああっ……くぅううーっ！」

ピンク色に染まっている麻美の顔が歪んだ。せつなげに眉根を寄せ、黒い瞳を潤みきらせてこちらを見上げてくる。

自分で腰を使っていると、女を感じさせているという満足感もあった。支配欲

を満たされた。麻美のような美人が相手だとなおさらだった。

亀本は上体を起こし、麻美の両膝をつかんだ。両脚をM字に開いて見下ろせば、王様にでもなったような気分になってくる。ずんずんっ、ずんずんっ、と突きあげれば、麻美が形のいい美乳を揺らしてあえぎにあえぐ。勃起しきった男根が出たり入ったりする様子が見えているから、あえがせているのが他ならぬ自分であるという実感がすごい。

まったく……。

〈家族支援法〉は夢のような法律だと思った。こんないい女が向こうからやってきて、おまけに子供ができれば現金一千万なんて……。

「あああっ、いやあああああっ……」

麻美が切羽つまった声をあげた。

「きっ、気持ちいいっ……オマンコ気持ちよすぎるっ……イッちゃうっ……そんなにしたらイッちゃうっ……」

耳や首まで真っ赤に染めて、激しいばかりに身をよじる。ずんずんっ、ずんずんっ、と突きあげている亀本にも手応えがある。ただでさえ締まりのいい肉穴が、ひときわ吸着力を増している。突いても突いても奥へ奥へと引きずりこまれ、とめどもない快楽を与えてくれる。

「ああっ、亀本さんっ！　イッてもいい？　麻美、先にイッてもっ……」

すがるような眼つきで見つめられ、亀本はうなずいた。こちらにしても、我慢の限界は近かった。麻美の肉穴は、感じれば感じるほど締まるようで、男の精を吸いだされそうだ。

「ダッ、ダメッ……もうダメッ……イッちゃう、イッちゃうっ……イクイクイクイクッ……はぁああああああーっ！」

淫らなまでに身をよじりながら、麻美はオルガスムスに達した。ビクビクッ、ビクビクッ、と体中を痙攣《けいれん》させている彼女の両膝をつかんでいる亀本は、Ｍ字開脚に押さえこんだまま腰を振りつづけた。

真っ白い太腿、こんもりと盛りあがった恥丘、そこに茂った濃いめの草むら、アーモンドピンクの花びら、割れ目に突き刺さっているおのが男根――これ以上ない眼福《がんぷく》に酔いしれながら麻美をイカせきると、満を持してフィニッシュの連打を開始した。

「おおおっ……でっ、出ますっ……こっちも出ますっ！」

「ああっ、出してっ！」

麻美がアクメの余韻《よいん》に身震いしながら叫んだ。

「いっぱいっ……いっぱい出してえぇえーっ！」

「おおおっ……ぬおおおおっ……ぬおおおおおーっ！」

雄叫《おたけ》びをあげて最後の一打を打ちこんだ。スキンを装着していない生挿入だった。中で出すわけにはいかないので、男根を引き抜いた。発情の蜜でネトネトになったそれを亀本はつかんだ。しっかりと握りしめてしごきたてれば、天国はすぐそこだった。

ドピュッ！　と音さえたちそうな勢いで、白濁した粘液が噴射した。ドピュッ、ドピュッ、と発射するたびに、男根の芯に痺れるような快感が走り抜けていき、顔を歪めて身をよじらずにはいられなかった。

吐きだした大量の精液は、麻美のお腹を汚した。まるでコンデンスミルクをぶちまけたように、濃いものを大量に放出してしまった。

亀本としては少し申し訳なかったが、麻美は気にする素振りを見せず、ティッシュでそれを拭《ぬぐ》いもせずに四つん這いになると、すべてを出しきった男根をぱっくりと口唇で咥えこんだ。

「むうぅっ！」

射精したばかりの男根を刺激されると、くすぐったいものだ。その反面、精神的な満足感は大きかった。これはいわゆる「お掃除フェラ」。風俗嬢は絶対にしてくれない、愛がなければできない奉仕だ。

「ぅんぐっ……ぅんぐっ……」

麻美は時間をかけて丁寧に男根を掃除してくれた。ねっとりした舌使いが心地よくて、くすぐったいどころか勃起が全然おさまってくれない。

「ああっ……」

掃除を終えると、上眼遣いでこちらを見た。せつなげに眉根を寄せ、黒い瞳が潤みきったその顔には、アクメの余韻がありありと残っていた。

「中で出してくれても、よかったのに……」

親指の爪を噛みながら、甘えるように言う。

「いや、それは……さすがに……」

亀本が苦笑すると、

「どうして？　わたし、亀本さんの赤ちゃん、欲しい……」

「……本当に？」

亀本は訝しげに眉をひそめたが、

「うん」

麻美は無邪気な顔でうなずいた。

「産ませて……亀本さんの、赤ちゃん……」

「けっ、結婚してくれるってこと？」

「亀本さんさえよければ」

どうやらテストには合格したらしい。

「うっ、嬉しいよっ！」

亀本は麻美を抱きしめ、キスをした。いまのいままでお掃除フェラをしていた唇だが、少しも気にならなかった。そんなことより、生涯の伴侶が見つかった歓喜のほうが、ずっと大きかった。

結婚なんて、自分には一生縁のないものだと思っていた。人間はひとりで生まれてひとりで死んでいくものだと、これまでずっと自分に言い聞かせていた。いまならそれが、強がりだったとわかる。

麻美のような美しい嫁を娶《めと》り、彼女によく似た可愛い子供と三人で暮らす幸せな生活——頭の中に思い描くと、歓喜のあまり熱い涙があふれてきた。

第二章

1

亀本の朝のルーティンは、ひとり暮らしの独身男性としては極めて月並みなものだろう。

眼を覚ますとまず、テレビのスイッチを入れる。観るためというより、部屋が静まり返っているのが嫌だからだ。その証拠に、テレビをつけてもすぐにトイレに行って用を足す。顔を洗って歯を磨く。朝食は外で食べるから、スーツを着てネクタイを締め、出勤の準備を整える。

以前の亀本なら、その間いちいち悲嘆に暮れていた。歯を磨きながら鏡を見て、俺も老けたなと溜息をつく。スーツやワイシャツにほころびが見つかると泣きそうになる。もう何年も新調できていない経済状態を嘆く。ネクタイなんて一本しか持っていない。それも年中無休で在庫一掃セールをやっているディスカウントショップで、三百円くらいで買ったものだ。

しかし、このところの亀本には余裕がある。鏡を見れば、俺もけっこう男前じゃないかと笑みをこぼし、大金が転がりこんできたらまずはスーツを新調しようと決めてまた笑う。わびしさだけを詰めこんだひとり暮らしも、もう卒業だ。そう思うと、なにをしていても頬がゆるんでしょうがない。

瀬島麻美と体を重ねてから二週間が過ぎていた。

そろそろ二回目の逢瀬を叶えたいが、それほど焦ってはいない。毎日のようにLINEでコミュニケーションをとっているからだ。彼女は亀本との結婚を本気で考えているようで、そこへ向けての道筋づくりが話題の中心だった。

結婚には金がかかる。挙式だの結納だの結婚指輪だの新婚旅行だの、まともに考えたら百万単位の金が必要だが、麻美はそれらはいっさいいらないらしい。彼女が求めているのは、役所に婚姻届を出すことと赤ちゃんなのである。結婚し、子供を産むことだけを、喉から手が出そうな勢いで欲している。

気持ちはよくわかる。

麻美は女として完璧だった。いままでおそらく、どこのコミュニティにいてもカーストの頂点にいたはずである。しかし、〈家族支援法〉が成立して世間の風向きが変わると、頂点から転落した。ただ独身であるという理由だけで、既婚者子持ちの女からマウントをとられるようになった。

悔しかったに違いない。

眠れない夜だってあっただろう。

解決策は、結婚して子供を産むことだけ。そうすれば、彼女は難なくカーストの頂点に返り咲ける。相手が冴えない中年男でもかまわないから、一刻も早く既婚者子持ちになりたいのである。

（まったく、〈家族支援法〉様々《さまさま》だな……）

亀本は電気シェーバーで髭《ひげ》を剃《そ》りながら、テレビを観ていた。朝の情報番組で〈家族支援法〉が取りあげられていたので自然と眼がいった。現政権に忖度《そんたく》するしか能がない御用学者が、〈家族支援法〉の効果を滔々《とうとう》と語るだけのつまらないコーナーで、以前なら確実にチャンネルを変えていたが、いまとなってはその新法を崇めたてることしかできない。

四十二歳まで素人童貞だった亀本は、〈家族支援法〉のおかげで麻美のような美しい女とセックスすることができ、娶ることまでできそうなのである。しかも、子供ができれば国から一千万円の支援金——ちょっと前までだったら考えられない、夢のようなことが現実に起こっている。

「その〈家族支援法〉関連で、残念なニュースです……」

女子アナがこれ見よがしに悲痛な表情をつくった。

「今日未明、警視庁は特殊詐欺を行なった容疑で、東京都在住の女を逮捕しました……」

「えっ……」

亀本は電気シェーバーを床に落とした。呑気に髭など剃っていられなくなった。テレビ画面には、パーカー姿の女が刑事に引っ立てられる様子が映っていた。ワンボックスカーの後部座席に座らされた容疑者に、見覚えがあった。ノーメイクで憔悴しきった表情をしているが、間違いない。

麻美だった。

番組が報道したところによれば、麻美は女ばかり十人以上のメンバーを抱える犯罪者グループ〈さそり〉のメンバーで、〈家族支援法〉を悪用した詐欺を働いていたらしい。戦慄《せんりつ》を誘うその手口は、以下のようなものだった。

〈さそり〉の女はまず、すぐにでも結婚話に飛びついてきそうな女日照りの男に接近し、深い関係になる。どの女も美人にして聡明な雰囲気で、彼女たちからのアプローチを断る男はいなかったらしい。

結婚し、子供を産むまでの間、男にとっては夢のような毎日が与えられる。ターゲットは結婚なんてすっかり諦めていた男ばかりなので、結婚した事実そのものが夢のようだろうし、子供を産むためには毎晩でも夫婦の営みに精を出さなければならない。妊娠中に妻が体調を崩したり、機嫌が悪くなってもなんのその、生まれてくるのは自分の子なのだから、限界を超えて自己犠牲の精神を発揮するという。

だが、あるとき突然、男の夢は覚める。子供を産むと、女は態度を豹変《ひょうへん》させて男に冷たくなり、声を荒らげて罵倒することさえあるらしい。産後のガルガル期だろうと男は自分を慰めるが、淋しい気持ちまでは埋めあわせられない。

そこに、〈さそり〉から別の刺客が送りこまれてくるのだ。

容姿は息を呑むほど美しく、性格はどこまでもやさしい女が、声をかけてくる。ベッドに誘われる。応じてしまえば、男には地獄が待っている。

離婚である。

絶対にバレないようなシチュエーションでも、誘ってきた女がグルなのだから、その浮気は確実に発覚する。動かぬ証拠もきっちり出てくる。

子供を産んだ時点で、夫婦には支援金の一千万円が支払われているわけだが、慰謝料として全額が妻に流れることになる。それだけではなく、夫は毎月養育費を支払わなければならない。

少子化対策にやっきになっている政府は、養育費についても法整備を進めていた。頰被《ほっかぶ》りして払わないような男には懲役刑を含めた厳罰が待っている。養育費を払うために山奥のタコ部屋で過労死するなんて、昨今ではありふれたニュースと言っていい。

「子育てに男はいらない。種とお金だけあればいいというのが、彼女たちの言い分なんです」

テレビ画面の中で事情通を名乗る女が、モザイク越しに言った。

「〈さそり〉のメンバーはタワーマンションの部屋をいくつも借りて、そこで女だけの共同生活をしながら子育てをしています。なにしろ、資金は潤沢にありますからね。親権が渡った方に行く一千万プラス毎月の養育費。それも、複数の子供を産んでいる女ばかりで、中には五人も産んでいる猛者《もさ》までいます。そうなると、養育費だけでかなりのお金が毎月振りこまれてくるわけで……」

その話を受け、五人も子供を産んでいるなら人口増加の一助になっているのではないか、と発言したコメンテーターは後日、被害者の会に訴訟を起こされて身ぐるみを剝がれた。

「うっ、嘘だっ……嘘だろ、麻美さんっ……」

亀本は涙があふれだすのをどうすることもできなかった。

麻美を抱いたあの夜、たしかに彼女は過剰なサービスをしてくれた。だがそれは、どうしても結婚して子供が産みたいからであり、まさか詐欺に引っかけるためだとは夢にも思わなかった。

あのまま麻美と結婚していたら……。

亀本も確実に被害者の会の末席に座っていたことだろう。天にも昇る気持ちでいられるのは子供を産むまで。産んだら最後、国からもらった支援金をすっかり奪われたうえ、養育費を支払うための過酷な暮らしが待っていたわけだ。

2

亀本はその日、会社を休んだ。

落としてしまった電気シェーバーを拾うこともできないくらいのショック状態だったので、仕事なんてできるわけがなかった。最後の力を振り絞り、「風邪で休みます」と上司にメールを打つと、スマホの電源を切った。スーツを脱いで、ジャージに着替えた。

酒でも飲むしかなかった。

冷蔵庫にあった発泡酒と缶チューハイを全部飲み、それでも足りずに紙パックの芋焼酎を水道水で割って飲んだ。なにも考えたくなかった。酔っ払って泥のように眠りたかった。

（寝て起きたら、すべては夢だったと思うことにしよう……）

素人童貞を捨てた麻美とのセックスは、生涯忘れがたい最高のセックスだったが、あんなものはまぼろしだったのだ。

すべてが夢であり、まぼろしだったのなら、落ちこむ必要もない。ただ、麻美に会う前の日常に戻るだけでいい。灰色にくすみきった、絶望的な日常に……。

「……ふうっ」

泥酔するまで飲みまくると、望み通りに睡魔が訪れた。すさまじく強力なやつだったので、畳の上で横になって意識を暗い闇の中に沈めこんだ。

眼を覚ますと、午後八時だった。

眠りに落ちたのはまだ午前中だったはずなので、たっぷり八時間以上寝た計算になるが、気分はまったくすっきりしていなかった。まだ体に酒が残っているようでひどくかったるいし、眼を覚ましたら窓の外が真っ暗というのは精神衛生上よくない。

それに……。

溜息だけをつまみに酒ばかり飲みまくったので、腹が減っていた。この部屋には食糧がなにもなかった。コンビニに買いにいくか、どこかの店で食べるしかない。財布を持って部屋を出た。

アパートから徒歩一分のところに、町中華の店がある。ラーメンはイマイチだが、餃子定食はおいしい。あまりに旨いので食べすぎて飽きてしまったのだが、そこでいいかと歩いていく。

定休日だった。

このところご無沙汰だったので、定休日を忘れていたのだ。それでは、とさらに一分ほど歩いて、蕎麦屋に向かった。蕎麦は猫もまたぐような代物だが、丼物はけっこういける。

準備中の札がかかっていた。もう閉店らしい。その店の営業時間は、午後八時までなのだった。

蕎麦屋の隣にある〈ロッシー〉という名の喫茶店は、煌々《こうこう》と灯りを灯していた。ここの閉店時間はたしか午後十時。いまどきのカフェのような気取ったところではなく、スパゲティナポリタンが名物の昔ながらの喫茶店だ。

あまり入りたくなかった。

しかし、ここに入らないとなると、今度は十五分くらい歩いて、チェーン系のファミレスに行かなければならない。味だけなら間違いなく、〈ロッシー〉のほうが上だ。古ぼけた喫茶店でも、そこらの洋食屋よりずっと旨いメニューが揃っている。ナポリタンだけでなく、ポークソテーやカツサンドも絶品で、亀本も昔はよく来ていた。

なのに……。

あまり入りたくないのは、天敵がいるからだった。

亀本が馴染みだったのは初代マスターが元気だったころで、いまから十年近く前になる。初代が引退すると、息子さんが二代目マスターになった。二代目も料理がうまかったが、問題は彼の娘だった。

彩乃《あやの》という名前で、当時女子高生。かなり生意気な女の子だった。「亀本さん、彼女いるの一?」「いるわけないいか、モテそうもないもんね」と顔を合わせるたびにいじられていた。

彩乃は生意気ではあるのだが、アイドル級に可愛かった。可愛い女の子にモテないことをいじられるのは、大人でも傷つく。生意気盛りだねえ、と苦笑してやりすごすこともできない。

おかげで〈ロッシー〉から足が遠のいたわけだが、考えてみれば、あれからずいぶん時間が経っている。彩乃はもう店を手伝っていないかもしれないじゃないか、と思いきって扉を開けた。

カランコロンとドアベルが鳴り、「いらっしゃーませー」と明るい声が聞こえてきた。

彩乃の声だった。顔がアイドルみたいなら、声もアニメの声優のように特徴がある。

亀本は緊張した。顔を伏せていちばん奥のテーブル席についた。客は他に誰もいなかった。界隈の人気店〈ロッシー〉にしては珍しいことである。

「あっ、亀本さんだ。お久しぶりー」

彩乃が水とおしぼりを運んできた。忘れられていればいいという亀本の期待は、早々に裏切られた。

「ずいぶんご無沙汰でしたけど、お変わりありません？」

彩乃はぴったりした白いTシャツにデニムパンツ、胸当てのあるベージュのエプロンをしている。

「えっ？　ああ……お変わりないねえ……」

亀本はしどろもどろに答えた。

「なんか元気ないみたいですけど」

「元気がないのが通常運転さ。ビールもらえる？」

「はい」

「あと、ポークソテー。おかずだけでいいや」

「かしこまりー」

彩乃ははじけるような笑顔を残して去っていった。すぐに冷えた瓶ビールが届いた。食事をしにきたはずの亀本だったが、彩乃の姿を見たら飲まずにいられなくなってしまった。

（ずいぶん大人になったんだな……）

彩乃はかつて、メイドの衣装を着て働いていた。女子高生のころの話である。なんでも、彩乃はあまりこの店を手伝いたくなかったらしく、それでも家族経営にこだわった彼女の祖父である初代マスターが、大枚叩いてプレゼントしたらしい。「メイドさんの服が着れるなら手伝ってもいいよ」と彩乃が言ったので、オーダーメイドで誂《あつら》えたと言っていた。

なにしろ、アイドル級の顔をもつ彼女なので、メイドの衣装をまとうと可愛さも十倍増だった。店内の雰囲気は昭和にタイムスリップしたように古ぼけているのに、キャピキャピキャピしたメイドが給仕しているとカオス感がすごかったが、彩乃目当てに店に通っている男性客も少なくなかったはずだ。

それがいまや……。

可愛い顔はそのままに、エプロンをしていても隠しきれないほど、胸が大きくなっている。タイトフィットのデニムパンツが露わにしている下半身のボディラインもセクシーだ。彩乃に対してセクシーだと思う日が来るなんて、時の流れというのは本当に恐ろしい。

瓶ビールをグラスに注ぎ、飲んだ。喉が渇いていたので、異常にうまかった。やがてポークソテーが運ばれてくると、それをつまみにぐびぐび飲んで、あっという間に中瓶二本目に突入だ。

「飲みますねえ」

二本目を運んできた彩乃が、向かいの席に座ってお酌をしてくれたので、亀本はびっくりしてしまった。

「飲まずにいられないことでもあるんですか？」

「べつに……モテない男は、酒でも飲むしかすることがないんだよ。悲しいねえ、モテないってやつは」

いじられる前に、自虐で牽制《けんせい》のパンチを飛ばす。

「そんなにモテないんですか？」

彩乃が身を乗りだしてくる。大きな眼をキラキラさせている。こういう顔をしているとき、彼女は決まってモテないいじりを開始する。自虐の牽制パンチは、どうやら空振りに終わった。

「モテないってことは、亀本さんまだ独身？」

「独身にしか見えないだろ、この冴えないくたびれた感じ。だいたい、結婚してたら家で晩メシ食ってるよ」

「わたしも独身」

彩乃は向かいの席から立ちあがると、驚いたことに隣の席に移動してきた。

「もうお店あがりなんです」

耳元に唇を寄せ、わざとらしくひそめた声で言った。いくら声をひそめても、アニメ声なのは隠しきれなかったが。

「これからどっかで一緒に飲みません？」

「はっ？　キミ、酒なんか飲むの？」

「飲みますよー。こう見えてもう二十六歳ですから」

「そっ、そう……」

「駅前に新しいテナントビルできたでしょ？」

「ハンバーガー屋の隣？」

「そうそう。あそこにちょっといいお店が入ってるんですよね。〈極楽鳥花《ごくらくちょうか》〉って名前の。わたし、先に行って待ってますから、ゆっくり食べて飲んでから来てください」

言いおえると、立ちあがって店から出ていった。カランコロンとドアベルが鳴るのを、亀本は呆然と聞いていた。

亀本は了解の返事をしていなかった。

（ハッ、いくら可愛いからって……）

自分の誘いを断る男なんていないとでも思っているのだろうか？　駅前と簡単

に言うが、歩いて二十分もかかる。大人になって言葉遣いは多少まともになっていたが、相変わらず生意気な女である。

3

一方的な約束なんて、すっぽかしてもいいはずだった。酒を飲むのはいい。昼間もさんざん飲んでいたが、〈ロッシー〉でビールを飲んだせいで、また飲みたくなっていた。

しかし、相手が悪い。

彩乃には、おそらく下心がある。女子高生時代にさんざんいじっていたモテない中年男と飲みたがるなんて、どういう風の吹きまわしだって話だ。誰でもいいからさっさと結婚して子供を産みたいと彩乃も思っているに違いない。

つまり、亀本は彼女にロックオンされてしまったわけだ。アイドル級の可愛い顔をして巨乳、しかもアニメ声の二十六歳――普通だったら諸手をあげて歓迎するところだろうが、ダメなのである。

亀本は彩乃を女として見ることができなかった。

女子高生時代から知っているから、子供にしか見えないのだ。もちろん、二十六歳と言えば立派な大人だし、そういえば福沢の結婚相手も二十二歳で、彩乃よりさらに四つも年下だ。

だが福沢と彼女は、二十二歳になってから知りあったわけであり、亀本のケースとはずいぶん違う。亀本が初めて彩乃に会ったのは、彼女が十六、七歳のときだから、女子高生時代の印象が強すぎるのだ。

メイドのドレスを着て給仕をしている彩乃は、本当に可愛かった。オーダーメイドで誂えたメイド服にも気品が漂っていたし、なにより彩乃本人がキラキラと輝いていた。

だが、その輝きには、少女だからという理由も当然入っている。子供だからこそ、純粋無垢に見えて可愛いのだ。そこに性的な欲望を結びつけるとロリコンになってしまうし、亀本は断じてロリコンではない。

（まいったな……）

それでも亀本は、二十分かけて駅前まで歩いた。彩乃の期待には応えられないが、彩乃と険悪なムードにもなりたくない。久しぶりに食した〈ロッシー〉のポークソテーはやはり絶品で、また通いたくなった。彩乃に一杯ご馳走してやることで、友好な関係を保っておきたい。

「結婚か……」

夜道を歩きながら、独りごちた。あの彩乃が結婚を夢見るようになるなんて、時の流れは本当に早い。

だが、亀本にしたって四十二歳にして結婚を夢見た。麻美と結婚したかった。向こうにとっては全部嘘で、もう少しで被害者の会の末席に座るところだったが……。

駅前に新しくできたテナントビルの五階に、彩乃の指定した〈極楽鳥花〉という店はあった。名前の感じから和風の居酒屋をイメージしていたので、扉を開けてびっくりした。ピカピカに磨きあげられたカウンターのある、オーセンティックなバーだった。亀本が住んでいるのは極めて庶民的な街なのに、青山《あおやま》とか六本木《ろっぽんぎ》にありそうな店である。重厚な内装に、薄暗い間接照明。ジャズのＢＧＭも控えめで、高級感が漂っている。

「いらっしゃいませ、お好きな席にどうぞ」

ブラックスーツにリーゼントのバーテンダーが、バリトンボイスで言った。客は他に老夫婦がひと組だけ——つまり、彩乃はまだ来ていない。先に行って待っていると言っていなかったか？

「ご注文は？」

「ジッ、ジントニック……」

「かしこまりました」

亀本は生きた心地がしなかった。勘定は大丈夫だろうか？　高そうなバーで安くあげるコツは、透明な酒を頼むことらしい。モルトウイスキーは絶対にやばい。バーテンダーに勧められるまま旨い旨いと年代物のモルトを次々飲んで、キャバクラで豪遊したような勘定を請求された知りあいがいる。

「ごめんなさい、待ちました？」

後ろから声をかけられ、振り返った。女が立っていた。一瞬、誰だかわからなかった。待ち合わせをした彩乃に決まっているが、露出度高めの黒いドレスにハイヒール、メイクもばっちりしていたからだ。

（マッ、マジか……）

亀本は一秒で勃起してしまった。黒いドレスを着た彩乃からは、息をするのも忘れてしまうほど濃厚な女らしさが漂ってきた。大胆に開いた胸元は深い谷間を誇示しているし、スリットから綺麗な脚がチラリと見えている。腕のところが透ける素材になっているのもセクシーで、亀本の頭の中にあった女子高生時代の彼女の記憶は一瞬にして塗り替えられた。

彼女も大人になったのだ……。

「すいませーん」

彩乃は隣の席に腰をおろすと、小さく手をあげてバーテンダーを呼んだ。

「わたし、マッカランのオン・ザ・ロック。トリプルで」

「かしこまりました」

去っていくバーテンダーの背中を、亀本は青ざめた顔で眺めていた。マッカランといえば、有名なシングルモルトではないか？　しかもトリプル。いったいなにを考えているのだろう？

「あっ、自分で飲んだぶんは自分で払いますから、ご心配なく。亀本さん、あんまりお金なさそうですもんね」

大きなお世話だと思ったが、見栄を張って奢る約束などしなくてよかった。マッカランのトリプルが運ばれてくると、彩乃は親の仇のような勢いでごくごく飲んだ。あっという間に飲み干して、「同じのもう一杯ください」とバーテンダーに伝える。

「そっ、そんなにあわてて飲まなくていいじゃないか」

亀本はひきつりきった顔で言った。こちらはまだ、ジントニックを二センチほどしか飲んでいない。

「いいじゃないですか、自分でお金払うんだから」

二杯目のマッカランも、彩乃は勢いよく飲み進める。不意にこちらを見ると、その眼はバキバキにキマっていた。ハイ酔いました、と顔に書いてあるようだった。酔わずにいられない理由があるのだろう。

「ねえねえ、どうして今日、お酒飲もうって誘ったと思います？」

「……さあ」

亀本は首をかしげるしかなかった。というか、まともに答えたくなかった。セクシーすぎるドレス、ムード満点の酒場、酔わずにいられない精神状態――目的は火を見るよりもあきらかだ。

「実は亀本さんに相談したいことがあって……」

「なんだい？」

「おじいちゃんいるじゃないですか？」

「ああ……」

「もうすぐ死にそうなんです」

嘘つけ！　と亀本は胸底で叫んだ。〈ロッシー〉の初代マスターは御年七十を超えているが、近所の公園でゲートボールをしている姿をよく見かける。老けこむことなくピンピンし、ゲートボール仲間の誰よりも元気いっぱいだ。

「亀本さんも知ってると思いますけど、わたしっておじいちゃん子じゃないですか？　うちは家族全員仲がいいんですけど、とくにおじいちゃんは初孫のわたしを猫っ可愛がりしてくれて……それなのに、おじいちゃん孝行ひとつできないでお別れするの……ホントつらくて……」

眼の下を指で拭《ぬぐ》う。涙なんて出ていない。嘘泣きだ。

「亀本さん、孫娘にできるおじいちゃん孝行ってなんだと思います？　やっぱり花嫁姿を見せることしかないですよね？　おじいちゃん、わたしが子供のときよく言ってたんですよ。彩乃の花嫁姿を見るのがとっても楽しみだって。純白のウエディングドレス姿が、夢にまで出てくるって……」

亀本は遠い眼になっていくばかりだった。嘘をつくにしても、もう少し他の話を思いつかなかったのだろうか？　身内が死にそうなことにするなんて、やってはいけないことだと思うが……。

「ねえ、亀本さん、どうすればいいと思います？　わたし、このままじゃおじいちゃんを見送れない。可愛い花嫁姿をおじいちゃんに見せたい。でも……いまは彼氏もいないし……相手が……」

「モッ、モテそうだけどねえ」

亀本は皮肉っぽく言ったのだが、

「わかりますかっ！」

彩乃はバキバキにキマった眼をひときわ輝かせて、身を乗りだしてきた。

「女子高生のときが絶好調で、クラスの男子の半分がわたしに告白してきたんですぅ。あのころは、お店の常連さんにもいろんなプレゼントもらったなあ。高校を卒業してからも、合コンじゃ連戦連勝。狙った男を落とせなかったことはないですね。あんまりわたしがモテまくるから、そのうち女友達が合コンに誘ってくれなくなったくらい……」

「ちっ、ちなみにだけど……」

亀本は恐るおそる訊ねた。

「それだけモテてたのに、どうしていまは彼氏がいないわけ？」

「〈家族支援法〉ですよ」

彩乃は唇を歪め、吐き捨てるように言った。

「あの忌々しい法律のおかげで、まわりから男がぜーんぶいなくなりました。それはもう、潮が引いていくみたいに、サーッと……」

「ちょっと意味がわからないけど……」

「だ・か・ら！　あの法律のせいで、みんな結婚したくなったわけですよ。わたしだってしたかったけど、彩乃は恋人としてはいいけど、結婚するのはちょっととか言われて……」

「なっ、なるほど……」

亀本は大いに納得した。彩乃はアイドル級の可愛い顔立ちをしているが、気が強いのだ。しかも、ずっと年上の男をいじり倒して笑いものにするくらい生意気だったし、どう見てもわがままそうだった。

彩乃は急にがっくりとうなだれると、

「わたし……反省しました……」

蚊の鳴くような声で言った。

「まったくモテなくなって、ようやく気づいたんです。わたしって、わがままな女だったんだなって……でもね、亀本さん、こっちにだって言い分があるんですよ。思春期にあれだけちやほやされたら、誰だってわがままになりますよ。『わがままなキミが好き』とか言ってくる男までいたんだから、調子に乗っちゃってもしようがないっていうか……」

苦渋に満ちた表情でロックグラスを呷《あお》る。酒がなくなって、カランと氷が音をたてる。バーテンダーが近づいてくると、彩乃は三杯目のマッカランを頼んだ。もちろん、オン・ザ・ロックでトリプルだ。

「でも、反省して心を入れ替えました。わがままだったわたしは、昨日までのわたし。今日からのわたしは、男の人に対して見た目がどうとか、お金をもっているかとか、そういうことをいっさい気にせず、出会ったご縁を大事にしていくつもりです。大事に大事に、ふたりの関係を育んでいきたい……」

彩乃がこちらを見た。彼女の眼は、もうバキバキではなかった。せつなげに眉根を寄せて、ねっとりと潤んだ瞳で見つめてきた。

4

一時間後、亀本と彩乃はラブホテルの部屋にいた。

お互い合意のうえ、手に手を取りあって入ったわけではなかった。

シングルモルトのトリプルを、オン・ザ・ロックで三杯も飲んだ彩乃は、まっすぐ歩けなかった。いや、亀本が肩を貸してやらなければ立っていることもままならない状態だった。

「タッ、タクシーで帰ろう」

亀本は泣きそうな顔で言った。泥酔した女を支えて歩くのは思った以上に重労働で、亀本はあっという間に息も絶えだえになった。彩乃が住んでいるのは、亀本の自宅アパートのすぐ近くにある実家だ。駅前からかなり遠く、普通に歩いて二十分なのに、この状態では一時間以上かかるかもしれない。

「いやです。わたしは歩いて帰ります……」

ふらふらしているくせに彩乃は頑なで、隙あらば亀本に抱きついてこようとした。それをなだめるのがまた大変で、本当に泣きたくなってきた。

その時点では、彩乃がなぜ歩いて帰ることにこだわっているのかわかっていなかった。「こっちが近道ですから」と裏道へ裏道へ入っていく彩乃を支えているだけで精いっぱいだった。

だから、彩乃が急にすごい力で押してきたときは、驚いて心臓が停まりそうになった。押してきたと言うより、体当たりをしてきたと言ったほうが正確かもしれない。押されるままに横移動した亀本と彩乃は、ある建物に入った。

もちろん、ラブホテルである。彩乃は最初からそのつもりで、頑なにタクシー乗車を拒否していたのだ。

(こっ、こんなやり方が……)

あまりの驚愕に、亀本は怒ることとさえできなかった。彩乃のやり方は、まさしくセクハラオヤジが女を無理やり手込めにするときのそれだった。そんなことをする女が存在するなんて、夢にも思っていなかった。

彩乃はラブホテルに入るなり、薄暗いフロントにしゃがみこんだ。顔を伏せてハアハアと息をはずませ、もう歩けないとアピールしてくる。

「……ふうっ」

亀本は深い溜息をつくと、無人のフロントに表示されているパネルで部屋を選んだ。それを確認すると、彩乃は満面の笑みで立ちあがり、腕を組んできた。足元はかなりふらついていたが、エレベーターを待ち、それに乗りこみ、部屋の扉を開けるまでドン引きするほどニッコニコだった。

部屋に入るなり、彩乃は広いベッドにダイブした。うつ伏せの体勢で、クロールをするように手脚をバタバタさせた。セクシーな黒いドレスに身を包んでいても、そういうところはまだ子供だった。

亀本はベッドではなく、ソファに腰をおろした。心身ともに疲れ果てていた。

「どうしたんですか？」

彩乃がこちらを見てささやく。

「可愛い彩乃ちゃんがベッドに身を投げだしているのに、なんにもしないなんて男じゃないですよ」

「あのねえ……」

亀本はやれやれと首を振った。

「実はさあ、俺はいま、とっても傷ついているんだよ」

「どうして？」

「今朝方、女詐欺師が警察に捕まったじゃないか？」

「あっ、ニュース見ました」

「俺もう少しで、彼女に騙されるところだったんだ」

「ええーっ！」

彩乃は眼を丸くして起きあがると、ふらふらとこちらに近づいてきた。途中でハイヒールを脱ぎ、亀本の足元にしゃがみこんだ。ソファの隣は空いているのに、両脚の間に強引に体をねじこんでくる。

「それはお気の毒でしたね。可哀相……」

ささやきながら、太腿をやさしく撫でる。

「だからさ、俺はいま、女を信じられないんだよ。幻滅しているって言ってもいい」

「女は嘘つきですからねー」

おまえが言うな！　と亀本は胸底で吐き捨てた。

「でも、嘘にも種類があると思うんですよ。詐欺師みたいにお金を騙しとろうとするための嘘は、もちろん悪い嘘。でも、そうじゃなくて、愛ゆえの嘘っていうのもあるんじゃないかしら……」

すりっ、すりっ、と太腿を撫でている手が、股間に近づいてくる。

「スッ、ストップだ。それ以上はダメだ」

「どうして？」

「だから言っただろう、俺はいま……」

「詐欺師に騙されて傷ついてるんですよね？　だから、彩乃ちゃんに慰めてほしいんでしょう？　慰めてあげますよ、たっぷり……」

「むうっ！」

股間を撫でられると、亀本のイチモツはみるみる大きくなっていった。勃起を我慢することは、とてもできなかった。黒いドレスを着た彩乃は、メイド服を着ていた女子高生時代とは打って変わって大人っぽかった。しかも、彼女の顔はアイドル級に可愛い。その顔が酒の酔いで生々しいピンク色に染まり、瞳はねっとりと潤んでいる。アルコールのせいだけではなく、欲情しているのかもしれない。

あの彩乃が、自分を相手に欲情？

かつてモテない境遇をいじり抜かれていたことを思えば、考えられない展開だった。いまの彼女にはもちろん、誰でもいいから結婚したいという打算がある。しかし、それだけではない淫《みだ》らな感情も伝わってくる。たまらなくセックスがしたいという……。

欲求不満なのかもしれなかった。昔はモテまくっていたと豪語する彩乃は、おそらくセックスの場数を人並み以上に踏んでいる。二十六歳という年齢にそぐわないくらい、性感が開発されていてもおかしくない。

だが、三年前に〈家族支援法〉が施行されて以来、さっぱり男が寄りつかなくなったのだ。結婚に向いていないという理由でセックスするチャンスも奪われていたわけだから、若い性欲をもてあましていても少しもおかしくない。

カチャカチャという金属音がした。彩乃が亀本のベルトをはずしている音だった。亀本は抵抗できなかった。彩乃の打算まみれの愛を受け入れたわけではなかったが、拒みきるには彼女は可愛すぎた。

ズボンのボタンがはずされ、ファスナーをさげられていく。ズボンごとブリーフをめくりさげられると、亀本は思わず尻を浮かせて手伝ってしまった。彩乃が勝ち誇ったように笑い、勃起しきったペニスが勢いよくそそり勃《た》つ。

「ああーんっ、逞《たくま》しい……」

彩乃が肉竿に指をからみつかせてくる。硬さを確かめるようにニギニギしては、ペニスと亀本の顔を交互に見る。

「抱きたいってことですよね？」

甘えるような上眼遣いでささやく。

「男の人がこうなってるってことは、わたしのこと抱きたいって……」

「けっ、結婚までは約束できないよ」

亀本は最後の抵抗を試《こころ》みた。

「とにかくさ、誰でもいいから結婚したいって女は、もう懲りごりなんだ。そうじゃなくって、もっとじっくり付き合っていくなら……」

「わかってますって」

彩乃は鼻に皺《しわ》を寄せて悪戯《いたずら》っぽく笑うと、

「わたし、反省したって言ったじゃないですか？　いいお嫁さんになれるように努力しますから、亀本さん、わたしの努力をしっかり見てて……」

両手を後ろにまわし、黒いドレスのホックをはずした。ちりちりとファスナーをさげる音を響かせてから、ドレスを落とした。

「うわっ！」

亀本は思わず声をあげてしまった。彩乃はブラジャーをしていなかった。ドレスの内側に、乳房を保護するための肌色のカップがついていた。

つまり、ドレスを脱げば、乳房が丸出しになる。エプロンをしていてもはっきりそうだとわかるほどの、類《たぐ》い稀《まれ》な巨乳——想像していたよりも大きかった。Gカップや H カップを誇っているAV女優並みである。

「おっきいおっぱい、好きですか？」

彩乃は両手で巨乳を持ちあげると、恥ずかしそうな上眼遣いで訊ねてきた。

「きっ、嫌いな男って……いるのかなあ……」

亀本は眼を泳がせた。

「あーっ、その顔！　あんまり好きじゃないんでしょう？　ちっぱいのほうがお好み？」

「いやいや、べつにそんなことは……」

正直、巨乳の女は苦手だった。風俗嬢で巨乳を売りにしている女は、たいてい不美人と相場は決まっているからだ。

「ちっちゃいおっぱいも可愛いですよね。どんな服でも似合うし、肩も凝らないし、ちょっと憧れちゃう。でも……」

彩乃は意味ありげに眼を輝かせると、上体を寄せてきた。

「おっぱいがおっきいと、こんなこともできちゃうんですよ」

「むううっ！」

そそり勃ったペニスを巨乳の谷間に挟まれ、亀本はのけぞった。興奮に赤黒く染まっている肉棒が、真っ白い乳肉の間に埋まっていた。搗《つ》きたての餅を彷彿《ほうふつ》とさせる柔らかな感触もいやらしかったが、見た目はそれ以上だった。肉棒の部分がすっかり埋まっていても、胸元には亀頭がひょっこり顔を出している。いきり勃ち、先端から我慢汁を垂らしながら……。

「ああーんっ、おいしそう」

彩乃がチラリと舌を出す。そのまま前に屈《かが》めば亀頭を舐めることができる。しかしいまのはフェイントだった。彩乃はまず、口の中に溜めた唾液を垂らしてきた。ツツーッと糸を引いて亀頭に……。

「むっ！　むむむっ……」

ツツーッ、ツツーッ、と唾液を垂らされるたびに、亀本の顔は燃えるように熱くなっていった。唾液の分泌量の多さにも驚いたが、この先の展開を考えると身震いが起きる。ペニスと胸の谷間にたっぷりと唾液を垂らしたということは、普通に考えて、やることはひとつ……。

「おおおおっ……」

彩乃が動きはじめると、亀本は首に筋を浮かべてうめいた。彩乃はふたつの胸のふくらみを外側から押さえ、真ん中に寄せている。その状態で上体を動かせば、挟まれたペニスが唾液ですべる。

パイズリである。

「気持ちいいですか？」

唾液まみれのペニスを巨乳でむぎゅむぎゅと揉みこすりながら、彩乃が訊ねてきた。

「あっ、ああっ……」

亀本は大きくうなずいた。

「きっ、気持ちいいよっ……たまらないよっ……」

感触そのものも我慢汁がとまらないほど気持ちよかったが、ヴィジュアルの破壊力はそれに勝っていた。可愛らしいアイドル顔＋巨乳＋パイズリである。ロリコンではないつもりだが、パイズリだけは若くて可愛い女の子に限ると、ＡＶを観るたびに思う。

「じゃあ、もっと気持ちよくしてあげる」

「ぬっ、ぬおおおおーっ！」

亀本は野太い声をあげてのけぞった。彩乃がパイズリをしながら、亀頭に舌を伸ばしてきたからである。

むぎゅっ、むぎゅっ、と肉棒を揉みこすっては、ペロペロッ、ペロペロッ、と亀頭を舐める。ツンツンと舌先で鈴口を刺激されると、ただでさえとまらなかった我慢汁が大量に噴きこぼれ、男根が芯から熱く疼《うず》きだした。

5

「スッ、ストップッ！　ストップだっ！」

亀本は切羽《せっぱ》つまった声をあげた。

「そっ、それ以上されたら出ちゃうっ……出ちゃいそうだよっ……」

「ぅんぐっ……ぅんぐっ……」

彩乃は言葉を返さない。返せないと言ったほうが正確か。彼女の口唇には、ペニスが深々と埋まっていた。愛撫はパイズリからフェラチオへと移行され、彩乃は可愛らしく鼻息をはずませて、そそり勃った男の器官を熱烈にしゃぶりあげている。

ペニスを咥《くわ》えこんだアイドル顔も悩殺的だったが、ものには限度というものがある。興奮しすぎて暴発しそうなのは嘘ではなく、十六歳も年下の小娘に亀本は完全に翻弄《ほんろう》されていた。

「まだ出しちゃダメですよぉー」

口唇からペニスを抜いた彩乃は、唾液まみれになっている口のまわりを拭いもせず、恨みがましい上眼遣いを向けてきた。

「出すときは下のお口でしょ？　いいですよね？」

「うっ……ううう……」

亀本は唸った。生挿入で中出しをすれば、孕《はら》ませてしまうかもしれない。彩乃はそれを恐れていない。むしろ、できちゃった結婚でもなんでもいいから、とにかく結婚したいのだ。既婚者子持ちの勝ち組女になり、国から一千万円の支援金が受けられるとなれば、それこそ望むところ……。

だが、本当にそれでいいのだろうか？　小娘と言っても彩乃もすでに二十六歳。セクシーな黒いドレスをまとった姿は、充分に大人だった。若くて可愛い嫁が娶れると、諸手をあげて歓迎すべき場面なのか？

「もうっ！　煮えきらない人ねっ！」

彩乃は唇を尖《とが》らせて立ちあがると、黒いドレスをすっかり脱いだ。パンティも黒だった。フロント部分の面積がやたらと狭いエロティックなデザインで、サイドは紐《ひも》だ。

彩乃はパンティもあっさり脱ぎ捨てると、亀本の手を取って立ちあがらせた。

「ほらー、亀本さんも脱いでー」

服を脱がされながら、亀本はガタガタ震えていた。恐怖に震えているのではなく、興奮の震えだった。

彩乃に下の毛がなかったからだ。パイパンである。昨今はＶＩＯ処理が流行しているらしく、ＡＶでもつるつるの股間をした女をよく見かけるが、リアルに見たのは初めてだった。立っていても割れ目の上端が見えているいやらしすぎるヴィジュアルに、亀本の震えはいつまでもとまらない。

「あっちに行きましょう」

全裸にされると、再び手を取られて洗面所に向かった。目の前に巨大なベッドがあるのに、どうして洗面所になんて行くのだろうか？

「わたし、後ろからされるのが好きなんですよ」

洗面台に両手をつきながら、彩乃が言った。立ちバックをご所望《しょもう》らしいが、それにしたってベッドでもできると思うが……。

「後ろからされてすぐイッちゃったら、体の相性がいいってことですから……わたしが一回イッたら、あとは亀本さんの好きにしていいです」

なるほど、と亀本は胸底でつぶやいた。これは体の相性を試すテストでもあるわけだ。いくら結婚したくても、体の相性が悪い男とはできない――彩乃には彩乃なりに男を選ぶ基準があるらしい。それはいいのだが……。

「でも、なんで洗面所なの？　ベッドに両手をついても、立ちバックできるじゃない？」

「それはぁ……」

彩乃がふっと笑う。洗面台の前には巨大な鏡がついているので、鏡越しに笑いかけられる。

「鏡がないところだと、彩乃ちゃんの可愛いあえぎ顔が、見えなくなっちゃうじゃないですか。おっぱいもプルプルはずみますよ。見たいでしょ？」

「そっ、そういうことね……」

亀本も鏡越しに彩乃を見て笑った。生意気そうに見えて、セックスにおけるサービス精神は舌を巻くほど過剰である。一瞬、こういう女とひとつ屋根の下に暮らすのは幸せかもしれないと思った。喧嘩をしたり、嫌な思いをさせられても、夜の営みですべて解決。快楽を求める共同作業に没頭すれば、嫌なこともすっかり忘れて仲直り……。

「ねえ、早くちょうだい」

彩乃が突きだした尻を左右に振る。類い稀な巨乳の持ち主である彼女は、ヒップもまた、なかなかにボリューミーだった。誇張ではなく、スイカがふたつ並んでいるようである。そのくせ腰はくっきりとくびれているから、後ろ姿もエロすぎる。

亀本は尻の桃割れに手指を伸ばし、濡れ具合を確認した。手マンもクンニもしていないのに、いやらしいほど濡れていた。これなら結合できそうだと、勃起しきったペニスを握りしめる。亀頭で桃割れをなぞっていき、濡れた入口に狙いを定める。

「んんんっ……」

性器と性器がヌルリとこすれただけで、彩乃は身をよじった。鏡に映ったアイドル顔も、にわかに大人びた気がした。

「いっ、いくよ……」

亀本は息をとめ、腰を前に送りだした。ずぶっ、と亀頭が埋まりこむ感触がして、鏡に映った彩乃の顔が歪んだ。彩乃は奥の奥まで濡れていたし、ペニスも彼女の唾液でヌルヌルだったから、あんがいスムーズに入っていける。

「ああーっ！」

ずんっ、と最奥《さいおう》を突きあげると、彩乃は甲高《かんだか》い声をあげてのけぞった。上体を起こして振り返ったのは、キスを求めているからだろう。

「ぅんんっ！」

亀本は唇と唇を重ねた。舌まで差しだしてディープなキスをしてしまったのは、その体勢をしばらくキープしたかったからだ。

体がほとんどまっすぐに起きているので、彩乃の真っ白い股間が鏡に映っていた。たまらない眼福《がんぷく》だった。しかもこの体勢なら、巨乳と戯《たわむ》れることも容易《たやす》い。

両手を伸ばし、ずっしりと重いふくらみを下からすくいあげ、やわやわと揉みしだきはじめる。なにしろ重量感たっぷりの乳肉なので、次第に力がこもっていく。搗きたての餅のように柔らかいから、指が簡単に沈みこむ。

「ぅんんっ……ぅんんっ……」

舌と舌とをからめあうほどに、彩乃の顔は蕩けていった。眼の下が生々しいピンク色に染まりきり、黒い瞳がねっとりと潤んでいく。

「ぅんんーっ！」

乳首をつまんでやると、鼻奥で悶《もだ》え泣いた。彩乃の乳首は、巨乳に比例した大きな乳暈《にゅううん》に縁取られているが、感度はいいらしい。指先で転がしてやるほどに、身をよじりはじめた。

「むううっ……」

う。亀本は唸った。彩乃が身をよじると、結合した性器と性器が必然的にこすれあう。亀本はまだ、腰を動かしていない。巨尻の中心を突きまくりたくてしようがないが、巨乳を手放したくもない。

だが、二兎を追う者は一兎をも得ずということわざもある。せっかく結合したのだから、ここは巨乳に執着しすぎないほうがいいかもしれない。なにを措いてもまず、彩乃を一回イカせなくては……。

「あああっ……」

亀本がキスをとき、巨乳から手を放すと、彩乃は名残惜《なごり》しそうな表情で前を見た。再び両手を洗面台につき、鏡越しに見つめてくる。せつなげに眉根を寄せた表情から、淫らな期待感が伝わってくる。

亀本はくびれた腰を両手でがっちりつかむと、ゆっくりと腰をグラインドさせた。若い肉穴との結合感を噛みしめているうち、彩乃の呼吸がハアハアとはずみだしたのがわかった。

亀本は反対に息をとめた。溜めこんだエネルギーを爆発させるように、満を持してピストン運動を開始した。

「はっ、はぁうううううううーっ！」

いきなり送りこまれた怒濤《どとう》の連打に、彩乃は悲鳴をあげた。パンパンッ、パンパンッ、と巨尻を打ち鳴らして突きあげるほどに、鏡に映ったアイドル顔が紅潮していく。眉根を寄せ、ぎりぎりまで眼を細め、半開きの唇から絶え間なくあえぎ声を放っているその顔は、たしかに見応えがあった。

鏡の前での立ちバックは、素晴らしいアイデアだった。彩乃はもうメイド服がよく似合う女子高生ではなく、肉の悦《よろこ》びを知っている大人の女だった。

「ああっ、いいっ！　気持ちいいっ！」

長い髪を振り乱してあえぎにあえぐ。

「ねえ、見てっ……乱れている彩乃のエッチな顔、いっぱい見てえええーっ！」

「むううっ！」

亀本はギアを一段あげ、最奥を集中的に突きあげた。息をとめているから、鏡に映っている自分の顔も真っ赤になっていたが、かまっていられなかった。

彩乃とのセックスに熱狂していた。若くてグラマーな女は、こんなにも抱き心地がいいのだと思い知らされた。

彼女が言っていた通り、鏡に映った巨乳が揺れている。ブルンッ、ブルルンッ、と音さえ聞こえてきそうな勢いで上下に揺れはずんでいる。巨尻は連打のリズムに乗って、パンパンッ、パンパンッ、と音をたてている。それらの肉の躍動が、結合部を通じてひどく生々しく伝わってくる。

男根の芯が疼いた。

射精の前兆だった。

しかし、ここで出してしまっては、彩乃に失望されるだろう。彼女をイカせる前に発射してしまえば、テストの結果が「相性悪し」となってしまう。結婚はおろか、二度とこの体とまぐわえなくなる。

そういうわけにはいかなかった。彩乃と何度でもセックスしたかった。巨乳とももっとじっくり戯れたいし、他の体位もやってみたい。とくに正常位には期待感しかない。パイパンの彼女の両脚をM字に割りひろげ、その中心に勃起しきったおのが男根を突き立てるチャンスをなくしてしまうわけにはいかないのだ。

我慢すればできる。

彩乃を先にイカせてしまえば、あとはこちらのリードなのだ。ベッドに移動し、正常位だろうが開脚騎乗位だろうが思いのまま。このグラマーボディを好き放題に愛《め》でることができる。

「ダッ、ダメッ……もうダメッ……」

彩乃が切羽つまった声をあげた。

「もっ、もうイキそうっ……イッちゃいそうっ……」

亀本にとっては、朗報以外のなにものでもなかった。歯を食いしばって射精をこらえつつ、力の限り腰を振る。パンパンッ、パンパンッ、と巨尻を打ち鳴らし、肉穴の最奥を突きあげる。

こちらも射精寸前なので、男根の勃起は限界を超えていた。太々と胴まわりを増した肉棒で、女の割れ目を突きまくる。ずちゅっ、ぐちゅっ、と卑猥《ひわい》な肉ずれ音がたっても、彩乃は羞《は》じらうこともできない。

「ああっ、いやっ……いやいやいやっ……イッ、イクッ……イッちゃうイッちゃうイッちゃうっ……イクイクイクイクイクーッ！」

ビクンッ、ビクンッ、とくびれた腰を跳ねあげて、彩乃は絶頂に駆けあがっていった。これでテストは合格だと、亀本はぼんやりと思った。正直、アクメに達した彩乃の肉穴が気持ちよすぎて、余計なことはなにも考えられなかった。忘我《ぼうが》の境地でむさぼるように腰を振り、彩乃をよがらせつづけた。

第三章

1

亀本は幸せを嚙みしめていた。

この世に生まれて四十二年、初めて恋人と呼べる存在ができたのである。一瞬、詐欺師に騙されかけたが、あれは全部嘘だったので、正真正銘の彼女と言えるのは彩乃が初めてだ。

最初は、若すぎる彼女を女として見られなかった。亀本の脳裏には、メイド服を着て給仕をしていた女子高生時代の彩乃が強く残っていた。しかし、時は流れ、彼女も大人になった。見た目はもちろん、性感だって充分に発達している。子供扱いするにはいやらしすぎると言っていい。

——亀本さん、なにしてるのー?

彩乃からLINEがきた。体を重ねてから三日が経っていた。あれから毎日、

LINEでトークしている。

——彩乃ちゃんのこと考えてたよ。

本当はオナニーしようとしていたのだが、あまりに露骨なことは言えない。

——エッチなこと考えてたんでしょう？

——いやいや、彩乃ちゃんとどこにデートに行こうかな、とか。

——いいのよ、エッチなこと考えても。

——考えてないって。

——次のデートは亀本さんちがいいな。

——え？

——わたしこう見えて女子力高いから家事してあげる。料理つくったり、お掃除したり、お洗濯したり。

——悪いよ、そんな……。

——いいの、いいの。亀本さんのお部屋、見てみたいし。

彩乃の目論見《もくろみ》は火を見るよりもあきらかだった。海や映画や遊園地に行くより、セックスがしたいのだ。彼女はセックスが大好きなようだし、妊娠してしまえばあとは結婚するのみだから、一石二鳥ということだろう。

――今度はきちんと中で出してね。

――え？

前回、ラブホテルの洗面所で立ちバックをしたとき、亀本は膣外射精した。我を失うほど興奮していたが、いよいよ射精という段になり、まずいかもしれないと思ったのだ。出す寸前でペニスを抜き、自分でしごいて、彩乃の豊満なヒップに熱い粘液をかけた。彩乃はオルガスムスの痙攣《けいれん》がおさまると、「どうして外に出すの？」と恨みがましい眼を向けてきた。

亀本は自分でも、なぜ中出しを躊躇《ちゅうちょ》したのかよくわからなかった。彩乃は結婚したがっているし、亀本も彼女のことを大人の女と認めた以上、障害はなにもないはずだった。

だがしかし、本能がブレーキをかけたのだ。さすがに急ぎすぎていないかと。彩乃のことが好きになり、心から結婚を望むなら、それでいい。だがあのときは、かなり強引にラブホテルに押しこまれ、関係を結んだ。はっきり言って、押し倒されたようなものだった。

彩乃を生涯の伴侶《はんりょ》にするにしろしないにしろ、もっとじっくりと付き合う時間が欲しかった。ついこの間まで、素人童貞だった亀本だから、恋愛の経験値が極端に低い。結婚する前に、恋愛を楽しんでおきたいのである。

禍福《かふく》はあざなえる縄のごとし、ということわざがある。いいことと悪いことは交互に起こるという意味だが、亀本がこのことわざに感心したことは一度もない。もちろん、悪いことしか起こらない人生を歩んできたからであり、なんなら悪いことの次にはもっと悪いことが、その次にはもっともっと悪いことが起きるのが普通だった。

だから、禍福はあざなえる縄のごとしな状況を、生まれて初めて味わっていた。彩乃とのラブラブムードに浮かれていたところ、取引先から突然呼びだしを受けたのである。

亀本の仕事はオモチャの新商品を企画開発し、大手メーカーに売りこんで企画が通ればその生産を請け負うことなのだが、取引先の中でも最大手である玩具メーカー〈ボンノー〉という企業に呼びだされた。

亀本は〈ボンノー〉が大嫌いだった。世界中に支社をもつ外資系企業で、銀座の一等地に自社ビルをもっている羽振りのいい会社なのだが、そこの企画部部長・山根紗季子《やまねさきこ》が大嫌いだからだ。

年齢は三十代半ば、整いすぎるほど整った美貌と、モデルばりのスタイルを誇り、常にタイトスーツでピシリと決めて、ハイヒールを高らかに鳴らしている女だった。

美人であることは認めてもいい。若くして部長の肩書きをもっているくらいだから、仕事だってできるのだろう。しかし、異常にツンツンしていてびっくりするほど態度が高慢なのである。

彼女よりずっと年上の部下にさえツンツンしているので、零細企業から来た亀本など塵芥《ごみあくた》扱いで、プレゼンもまともに聞いてもらえない。背もたれの高い椅子にふんぞり返ったまま「もういいわよ」と吐き捨てられるのはいいほうで、公衆の面前で三十分くらい罵倒されたこともある。

それも、企画についてのダメ出しではなく、「取引先に来るのにそのよれよれのスーツはいかがなものなの？」とか「髪の毛くらいマメに切りなさいよ」とか、挙げ句の果てには「その卑屈な笑いはやめなさい」や「あなたを見ていると苛々《いらいら》する」など、人格否定のようなことまで言ってくる。

「……ふうっ」

銀座の一等地にある〈ボンノー〉の立派な自社ビルを見上げて、亀本は深い溜息をついた。呼びだしを受けたのが昨日の夕方なので、企画を練る時間なんてまったくなかった。「手持ちの企画でいいから」と先方には言われたが、他社でボツにされた企画が〈ボンノー〉のような大企業で採用されるわけがなく、今日は罵倒されにいくようなものだ。

禍福はあざなえる縄のごとし、禍福はあざなえる縄のごとし、と亀本は胸底で呪文のように唱えながら、〈ボンノー〉のビルに入っていった。

いいことの次に悪いことが起こるのが世の習いなら、悪いことの次にはいいことが起こるはずだった。これからおそらく、年に一回あるかないかくらいの嫌な思いをするだろう。ということは、次に起こるのは年に一回あるかないかのいいことなはず。

できることなら……。

彩乃関係でいいことが起こってほしかった。高望みはしないから、神様にありがとうと言いたくなるようなセックスがしたい。この前は突然のアクシデントだったし、酒も入っていたから一回戦しかできなかったが、今度は体調を整えて、精根尽き果てるまで彩乃を抱いて抱いて抱きまくりたい。

「すっ、すいません。〈昭和のオモチャ〉の亀本と申します。企画部の会議に呼ばれたんですが……」

どこかのアイドルグループのような制服姿の受付嬢に伝えると、ロビーで待つように言われた。様子がおかしかった。いつもなら、会議室の番号を告げられて、ひとりでそこに向かう。

とはいえ、〈ボンノー〉の自社ビルは立派な造りで、吹き抜けのロビーに巨大なソファセットがいくつも置かれていた。ちょっとした打ち合わせならできそうだし、実際それらしきことをしている人たちもいるわけだが……。

待つこと五分、カツカツとハイヒールの音を響かせて、山根紗季子が登場した。まるで芸能人のような、ド派手なクラインブルーのタイトスーツを着ていた。

その装いにも驚いたが、ひとりである。これは自分に会いにきたのではない、と亀本は反射的に眼を伏せた。亀本がいつも連絡を交わしているのは、紗季子の部下の渡部《わたべ》という若い男性社員で、今日の急な呼びだしもその男が電話をしてきた。

だが……。

下を向いてやり過ごそうとしている亀本に向かって、カツカツとハイヒールの音が迫ってくる。すぐ近くで音がとまる。下を向いている亀本には、ピカピカに磨きあげられた黒いハイヒールが見えている。恐るおそる顔をあげると、紗季子が険しい表情でこちらを睨んでいた。

「あっ、どうも……いつもお世話になってます。いやあ、今日もお綺麗ですね。どこかのモデルさんかと思って、山根部長とは気づきませんでした……」

亀本はヘラヘラしながら言った。いつも注意されているが、紗季子が怖すぎてヘラヘラするしかないのだ。彼女と知りあって、ひとつ勉強になったことがある。美人というのは、怒った顔が怖い。美しければ美しいほど、威圧感がある。いつも爪先立《つまさきだ》ちのようなハイヒールを履いているから、身長一七〇センチの亀本より顔が上にあるし……。

紗季子は黙ったまま右手を差しだしてきた。

「はい？」

亀本がヘラヘラしながら首をかしげると、

「企画書」

紗季子は地の底から響いてくるような低い声で言った。亀本はあわてて鞄の中を探り、企画書を渡した。紗季子がそれを読みはじめる。ロビーの真ん中で立ったままである。

「まあ、いいんじゃないの」

紗季子が言い、亀本は自分の耳を疑った。

「会議にかけるから、すぐにでも試作品をもってきて」

驚愕のあまり、亀本が声も出せないでいると、

「ところであなた、これから少し時間ある？」

「……とおっしゃいますと？」

亀本が卑屈な上眼遣いを向けると、

「この企画、わたしの力で通してあげるから、接待してよ」

「はっ？」

「なんか今日は疲れちゃって、もう帰ることにしたの。でも、帰る前にちょっと飲みたくてね。いいでしょ、ビールの一杯や二杯ご馳走してくれても」

「しょ、少々お待ちください」

亀本は紗季子に背を向け、スマホを出し、震える手で会社に電話をかけた。時刻は午後三時だった。こんな時間に開いている酒場なんてあるのだろうか？　いや、それよりなにより、接待となれば安い店には連れていけない。ビールの一杯

や二杯と紗季子は言ったが、ド派手なタイトスーツを着ている美女にビールジョッキは似合わない。細長いフルートグラスを指でつまんで、シャンパンを嗜《たしな》んでいるところしか想像ができない。とはいえ、ここは富裕層が愛し、富裕層に愛されている銀座である。銀座でシャンパン……。

上司が電話に出たので、亀本は声をひそめて言った。

「もしもし、すいませんっ……〈ボンノー〉さんに接待できるチャンスをつかんだんですが……」

「やるじゃないか、カメ。頑張れよ。このまま空振りばっかりだと、はっきり言って馘《くび》だぞ」

「ええ、ええ。そう思って頑張りたいんですが、接待の経費っておいくら万円ほど出るんでしょうか？」

「出るわけねえだろ、馬鹿っ！」

一方的に電話が切られ、亀本は泣きそうな顔で振り返った。紗季子は腕組みをし、ハイヒールの爪先をタンタンと鳴らしている。貧乏揺すりだ。苛々しているのである。

「おっ、お店のリクエストとかございますか？」

亀本は泣き笑いの顔で訊《たず》ねた。こうなったら、クレジットカードで借金しかなかった。借金を返すあてはある。もちろん、〈家族支援法〉の一千万だ。今度彩乃に会ったら、三発でも四発でも中出ししてやる。

「あなたの行きつけでいいわよ」

「はっ？」

「あなたがいつも行ってる店」

「そっ、そうおっしゃいましても……」

しつこいようだが、ここは銀座だ。亀本は銀座で酒など飲んだことはなかった。仕事以外では決して足を踏み入れない、魔境のようなところなのである。

2

「熱燗お待ちっ！　熱いよっ！」

お銚子がドンとテーブルに置かれた。すでに五本目で、その前に瓶ビールを二本空けている。前の席に座っている青いタイトスーツの美女は、すっかり眼を据わらせていた。

銀座で酒を飲んだことがない亀本は、店の選択で窮地に追いこまれたが、隣接する新橋《しんばし》に安くて旨い店がたくさんあることを思いだした。中でもここ、ニュー新橋ビルの地下は大好きなスポットだった。築五十年以上が経つビルの雰囲気からして昭和の匂いがぷんぷんして落ちつくし、昼から夜まで通し営業している店も多いから、午後三時でも酒にありつける。

もちろん、紗季子のように美しいキャリアウーマンをエスコートすることに不安もあったけれど、彼女は眉ひとつ動かさずに飲みはじめた。すわ芸能人が来客かと好奇の視線を向けてくる他の客をきっぱりと無視して、すごい勢いでビールを飲み干し、熱燗を呷《あお》った。

「わたしはねえ、いままで仕事に命を懸けてきたのよ。恋愛なんて時間の無駄だし、結婚なんて考えたこともない。会社にいる男なんて全部敵だと思って、がむしゃらに頑張ってきた。おかげで出世もできたし、仕事のやり甲斐はあがっていくばかり。ご存じの通りうちは外資だから、世界中のビジネスマンと刺激的な交流もあるしね。つい最近まで、結婚なんかしなくても、自分は勝ち組だと信じて疑ってなかった。それがなに？　わけのわからない法律のせいで、いつの間にか結婚していない人間は半人前みたいな風潮になってるじゃないの。もちろんね、国が結婚や子育てを支援するのはいいことだと思うわよ。でも、頭ではそう思ってても、わたしは悔しいの。いままで頑張って築きあげてきた自分のポジションが、あの法律のせいでガラガラと崩れ落ちていくのが……」

紗季子は怒っていた。なるほど、〈家族支援法〉が成立するまで、彼女のようなバリキャリ女子が世間のヒエラルキーの頂点だった。しかし、新法の成立によって風向きが変わった。「仕事で成功するより、結婚して子供がいる人間のほうが上」という価値観が生まれた。

マジョリティの人間は、いつだってマイノリティにマウントをとりたがる。家族や子育てに背を向け、仕事ひと筋で生きている紗季子も、型落ちの旧式人間として陰に陽にマウントをとられているのだろう。負けず嫌いを隠そうとしない彼女の性格を考えれば、悔しくてしかたがないに違いない。

それはいいのだが、さすがに飲みすぎだった。飲みはじめてから二時間、午後五時を過ぎたころになると、空けたお銚子が一ダースを突破してしまった。亀本も飲んでいたが、紗季子のほうが飲んでいる。眼が据わっているだけではなく、上半身がゆらゆらと揺れている。

「あっ、あのう……そろそろ出ましょうか？」

恐るおそる言うと、

「そうね」

紗季子がゴネずにうなずいてくれたので、亀本は内心で安堵の溜息をついた。彼女が求めていたのは、愚痴の聞き役だろう。その役割をまっとうできた満足感があったので、安くない勘定を払っても気分がよかった。

しかし……。

地下から地上に出ると、夕焼けのピンク色の光線を浴びた紗季子は、

「じゃあ、次はわたしがあなたを接待する」

と亀本をタクシーに押しこんだ。銀座に戻って、連れていかれたのは鮨屋《すし》だった。路地裏の店だが、門構えからしてどう見ても超高級店だった。カウンター席に座ってもメニューは運ばれてこないし、壁にもそれらしきものはない。値段がわからない。テレビで見たことがあるだけだが、こんな店でまともに飲み食いしたら、ひとり五万円くらいかかるらしい。

震えあがっている亀本をよそに、紗季子は慣れた様子で、

「大将、なんか切って」

わけのわからない注文をしている。

「あと熱燗一本……ううん、もう面倒くさいから五本くらいまとめてもってき

て」

「はいよ」

ゴマ塩頭の大将が出してくれた刺身や握りはどれも絶品だったが、亀本はじっくり味わうことができなかった。紗季子が飲みすぎているからだ。もはや手酌でぐいぐい飲んでいる。上半身は揺れているし、瞼《まぶた》も半分落ちている。寝落ちしてしまったらどうすればいいのか、考えるのが怖くて亀本も燗酒を呷ることしかできない。

鮨屋を出ると夜だった。

紗季子はすでに呂律《ろれつ》もあやしい状態で、なんとかぎりぎりひとりで歩けるくらいの千鳥足だった。

「ゆっくり来てください。タクシー拾っておきます」

亀本は先に路地を出て表通りでタクシーをとめた。紗季子がのろのろ歩きながら追いついてくる。

「今日はありがとうございました。なんだかすっかりご馳走になってしまって、全然接待になりませんでしたが……お鮨ものすごくおいしかったです」

紗季子は亀本を無視してタクシーに乗りこんだ。そこまではよかったが、右手を差しだしてきた。握手を求められているのだろうと思った。外国人はシェークハンドが好きだし、〈ボンノー〉は外資系企業だからと……。

しかし、紗季子は左手で亀本の右手首をつかむなり、思いきり引っぱってきた。亀本は仰天したが、振り払うわけにもいかず、タクシーの車内に引きずりこまれてしまう。

「なっ、なんですか？」

泣きそうな顔で訊ねると、

「うちまで送って。すぐ近くだから」

「えっ……」

「運転手さん、佃島《つくだじま》」

「はい」

運転手が扉を閉め、クルマを発進させる。亀本は混乱しきっていた。佃島ならたしかにすぐ近くだが、なぜ送らなければならないのか？　というか、紗季子は亀本の右手首をつかんだままだった。いや、放すふりをして手を握ってきた。やがてそれが、指と指を交差させる恋人繋ぎになり……。

タクシーをおりても、紗季子は亀本の手を放さなかった。顔色をうかがおうとしても、眼を合わせてくれない。なぜ手を繋いだままなのか訊ねようとすると、ハイヒールで足を踏まれた。爪先だったから助かったが、踵《かかと》だったら足の甲に穴が空いていただろう。

「うち、そこだから」

夜空に突き刺さるようにそびえ立っているタワーマンションを見上げて言うと、長い髪をかきあげてこちらを見た。

女の顔になっていたので、亀本の心臓はドキンとひとつ跳ねあがった。眉根を寄せ、瞳を潤ませている。どう見ても、いつもの彼女ではなない。

「……なってもいいよ」

「はい？」

よく聞こえなかったので訊《き》き返すと、

「送り狼になってもいいよ」

紗季子は眼をそらして言った。

「でも、抱いたらきちんと責任とってね」

亀本は卒倒しそうになった。

まさかの展開だった。独身バリキャリは肩身が狭いから、結婚して子供を産みたいという気持ちはわかる。だが、どうして自分なのか？　いくら二、三十代の男の独身者が激減したとはいえ、彼女ほど美人で、お金も稼げるパワーエリートなら、結婚相手なんていくらでも見つかるだろう。

「しっ、質問してもいいですか？」

「なあに？」

「ぼっ、僕みたいのが相手でいいんですか？」

紗季子はふーっと長く息を吐きだすと、

「わたしはね、家に帰ってまで肩肘張って男と競いあいたくないのよ。その点、あなたみたいなポンコツなら、なんでもわたしの言いなりでしょ。あなたもわたしみたいな高嶺の花をお嫁にもらえば、まわりから羨望のまなざしだろうし……ウィン・ウィンじゃない」

まったくウィン・ウィンだとは思わなかったが、亀本は黙っていた。なるほど、紗季子ほど「高嶺の花」という言葉が似合う女もいない。男なら誰だって、お手合わせを願いたくなる。

見た目は綺麗でも、性格は最悪じゃないか、と思う向きもあるだろう。実際、亀本にしても彼女のことが大嫌いだった。石に躓《つまず》いてドブにでも落ちろと思ったことは、一度や二度じゃない。

しかし、実際に手を握られ、ベッドに誘われてみると、大嫌いだったことなど忘れてしまうのが、本物の美女の凄《すご》みなのである。理屈ではなく、本能に訴えかけてくるなにかがある。この女とセックスがしたい！　と男の本能が雄叫《おたけ》びをあげていた。

それに……。

どんなに高慢な女でも、セックスとなれば立場が逆転する。セックスでの女の役割は、恥ずかしい格好を強《し》いられ、ひいひいとよがり泣かされることなのだと亀本は思っている。いままでいじめ抜かれたお返しに、とびきり恥ずかしい目に遭わせてやることができる。

これは浮気じゃないぞ……。

亀本は覚悟を決めた。彩乃という存在がある以上、他の女を抱くのは浮気だ。それはそうなのだが、この一回だけは見逃してほしいと心の中で土下座する。いままでさんざん煮え湯を飲まされてきた高慢ちきな女に、復讐できる最初で最後のチャンスなのである。

タワーマンションより高いプライドをもつ紗季子は、亀本が次から次に繰りだす恥ずかしいプレイに涙を流すかもしれない。同情はしない。むしろ、泣くほど恥ずかしい思いをさせてやらなければならない。自分の溜飲をさげるためだけではなく、泣かせてやれば紗季子は亀本と結婚したいなどと二度と口にしないだろう。そしてこちらは、ラブラブの彩乃と幸せな結婚……。

（悪い男だな、俺も……）

内心でほくそ笑むとともに、亀本は自分の心境の変化に驚いていた。ピンサロでオナニーをしていたころの自分なら、そんな邪悪なことは絶対に考えなかったはずだ。それが、騙されていたとはいえ女子アナふうの美女を抱き、二十六歳の若い女と心身ともに通じあったことで、男としてひと皮剝けた。紗季子のような高嶺の花を前にしても、足元から自信がこみあげてくるのをどうすることもできなかった。

3

地上四十二階までのエレベーターは長かった。

それはいいのだが、ゴンドラが上昇していくにしたがって、紗季子がそわそわしはじめたのが気になった。結婚を迫っているときでさえ、「あなたみたいなポンコツ」だの「わたしの言いなり」だのとディスってきたくせに、さすがにセックスとなると緊張するのだろうか?

すればいい、と胸底でつぶやく。緊張しているということは、自信がないということだ。服を着ていれば完全無欠の美女に見える紗季子だが、裸になってもそうとは限らない。乳房のサイズ、乳首の色、陰毛の生え具合……誰だって、コンプレックスのひとつやふたつはあるものだ。

もしかすると紗季子にはないかもしれないが、そのときはでっちあげてやればいい。あそこが臭いと鼻をつまんでやるのは効果がありそうだ。反応が鈍ければマグロとせせら笑い、感度がよければド淫乱と罵《ののし》る。こちらは会議の席で人格否定までされているのだから、いっさいの遠慮はなしである。

「どうぞ」

紗季子が玄関の扉を開いた。彼女の美貌はもはやほとんど青ざめていたが、とりあえず靴を脱いで部屋にあがる。

リビングが異常に広かった。二十畳近くあるのではないだろうか。そこに鎮座するソファセットやテーブルも高級ホテルのように洗練されていて、生活感がまったくない。ご丁寧に、照明までスタイリッシュな間接照明だ。

「えっ……」

紗季子が不意に抱きついてきた。背中からだ。セックスするつもりで部屋にあがったのだから、抱きつかれるのはいい。しかし、震えている。紗季子の体がガクガク、ぶるぶるしているのが、背中にはっきりと伝わってくる。

「やさしくして……」

やけにしおらしい声で、紗季子がささやいてきた。セックスのとき、男にやさしくされたくない女なんていないだろうが、残念ながらこちらは心を鬼にしている。期待しても無駄だ。ここから先はバリキャリ女の恥ずかしパーティ、羞恥《しゅうち》のワンダーランドである。

「あのね……」

紗季子の震えが激しくなった。

「わたし……初めてだから……」

「ええっ！」

亀本は声をあげて振り返った。紗季子は下を向いている。すがりつくように、亀本の上着をつかむ。

「はっ、初めてって……しょ、処女なんですか？」

下を向いたまま、紗季子はコクンとうなずいた。

「嘘でしょ？」

「……本当」

「山根部長、おいくつでしたっけ？」

「……三十四」

「まさか……三十四歳で……処女って……」

「シャワー浴びてくる」

逃げるようにバスルームに向かった紗季子の背中を、亀本は呆然と見送った。あれだけの美人なのだから、引く手はあまたに決まっている。てっきりそういう男たちを手玉に取り、適当に欲求不満を解消しているとばかり思っていた。恋愛にのめりこむタイプには見えないが、男にちやほやされるのが嫌いなタイプにも見えない。ベッドに誘われるのは女のほまれとばかりに、気に入った男とひと夜を過ごすことを厭《いと》わない大人の独身女だと……。

これはまずいんじゃないか、ともうひとりの自分が言う。

年相応に場数を踏んでいる女なら、恥ずかしパーティも羞恥のワンダーランドもいいだろう。しかし、一生記憶に残る初体験がそれでは、あまりに無残。下手をすればセックスがトラウマになり、亀本は一生恨まれる。

だが……。

処女喪失の初体験の相手をするなら、やさしくするしかないとなると、ここにいる意味がわからなかった。亀本がしたいのは復讐であって、セックスそのものではない。セックスなら、彩乃で充分に間に合っているからだ。

（帰ったほうが、いいな……）

復讐ができないのに紗季子を抱くとなると、彩乃に対して申し開きができない。もちろん、最初から言うつもりはないが、彼女に対する罪悪感で自分がつらくなるのは眼に見えている。

だが、玄関に向かおうとすると、紗季子がバスルームから出てきた。体に白いバスタオルを巻き、長い髪をアップにしている。相変わらず下を向いて眼を合わせてくれなかったが、湯上がりの体から匂いたつような色香を放っていた。髪をアップにしたことで、細く長い首の美しさが際立った。震えるほどの気品を感じたが、下半身に眼を移せば、太腿が意外なほどむっちりと逞《たくま》しかった。いやらしいくらいに肉感的なうえ、驚くほど素肌の色が白い。

「こっちにいるから」

三十四歳の処女は、そう言い残して寝室らしき部屋に入っていった。

亀本は勃起していた。カチカチに硬くなって痛いくらいだった。そういう状態では外を歩けないし、そもそも思考回路がまともに働いてくれない。自分はいま理性を失っているとわかっていても、理性を失った行為を始めてしまう。

あわてて服を脱ぐと、バスルームに飛びこんだ。一分でシャワーを浴びて、寝室をノックした。

「どうぞ」

紗季子の声が返ってきたので、扉を開けた。スタンドライトがオレンジ色の灯りをともしているだけの薄暗い空間に、ベッドが置かれていた。ひとり暮らしのうえ彼氏いない歴＝年齢なのに、やたらと大きいベッドだった。エリートキャリアウーマンともなれば、ひとり暮らしでもクイーンサイズやキングサイズのベッドで寝るものらしい。

その上に、紗季子が座っていた。正座を崩した感じの、いわゆる「女の子座り」だ。長い髪をおろしていたのは少し残念だったが、それでも放つ色香の濃厚さは少しも翳《かげ》っていなかった。

「こっちに来て……」

紗季子に甘い声で誘われたが、亀本は仁王立ちになったまま動かなかった。シャワーを浴びている一分間で、今夜の方針を固めた。やはり、心を鬼にするしかないと……。

処女であろうがトラウマになろうが、知ったこっちゃない。このセックスを浮気ではなく復讐にするためには、紗季子が涙を流すくらい恥ずかしい目に遭わせてやらなければならない。関係を継続するつもりはないので、徹底的に辱《はずかし》めて嫌われる必要もある。

ただ、処女だけはきっちり奪ってやるつもりだった。処女でなくなれば、紗季子のセックスに対するハードルはさがり、他の男と気軽に楽しむことができるだろう。そうなれば、そのうち女の悦《よろこ》びにも目覚めて、恋人をつくる気になるかもしれない。

これこそまさに、ウィン・ウィンではないか？

「どうしたの？」

紗季子が不安げに眉根を寄せたので、亀本はベッドに近づいていった。だが横にはならず、ベッドのすぐ側で腰に巻いたバスタオルを取った。

いきり勃った男根が、ブーンと唸りをあげて反り返る。

「やだ……」

紗季子が顔をそむける。処女ということは、男性器を間近で見るのも初めてだろう。端整な美貌に戸惑いと困惑が浮かんでいる。

「舐めてくださいよ」

亀本は低い声で言った。

「フェラチオですよ。知ってるでしょ、それくらい」

「キッ、キスとかしないの？」

紗季子は完全に混乱しているようだった。

「なっ、舐めてもいいけど、いきなりは……」

「キスの前にフェラをするのは、世間の常識です」

そんな常識があるわけないが、亀本は譲らなかった。紗季子が四つん這いになってのろのろと近づいてくると、腕を取ってベッドからおろした。

足元にしゃがみこませて仁王立ちフェラ——それがしたかったという理由もあるが、ベッドのすぐ側の壁に姿見が掛けられていた。ベッドの上にいては、鏡に映らない。

亀本は戸惑う紗季子を足元にしゃがみこませると、彼女の眼と鼻の先にそそり勃った男根を突きつけた。

「さあ、早く舐めて」

「ううぅっ……」

紗季子は苦悶の表情を浮かべつつも、震える手指をペニスに伸ばしてきた。生まれて初めて触れる男性器官におぞけだちつつ、なんとか手を添えて舌を差しだす。

「ぅんんっ……ぅんあっ！」

麗《うるわ》しい美貌をひきつりきらせて、亀頭を舐めた。テクニックもなにもなかった。なんだか苦い味の飴玉でも舐めているみたいだったが、初々しい舌の感触に亀本は唸った。

（これが……処女のフェラチオか……）

他のペニスを舐めたことがない舌がいま自分のものを舐めていると思うと、興奮に体温が急上昇していく。

「もっとちゃんと舐めてくださいよ。チンポを唾液まみれにするまで終わりませんからね」

非情に言い放った亀本を、紗季子は恨みがましい上眼遣いで見つめてきた。

4

「ぅんんっ……うんんっ……」

いまにも泣きだしそうな顔で男根に舌を這わせている紗季子を見下ろし、亀本は王様にでもなったような気分だった。この女は、こちらが零細企業のうだつのあがらない平社員だと思って、会議の席で人格否定をしてくるようなひどい女だ。大嫌いだが、見た目だけはいい。ルックスだけなら、二時間ドラマのヒロインになってもおかしくないくらいだ。

そんな女にペニスを舐められ、興奮しない男はいない。あまつさえ、しゃがみこんでいる紗季子の横側には、姿見がある。鏡越しに仁王立ちフェラを眺めると、ひときわ興奮が高まってくる。

「……あっ！」

紗季子が小さく声をもらした。亀本が彼女の体に巻いている白いバスタオルを奪ったからだ。ふたつの胸のふくらみが露わになった。丸々とした、形のいい美乳である。女らしさを存分に見せつけつつ、先端の乳首がルビーのように赤い。裸になってても見てくれだけはパーフェクトとは、どこまでも人を苛《いら》つかせる女だった。

「あううっ！」

乳首をちょっと触っただけで、紗季子は身をよじった。感じているというより、未知の刺激に怯《おび》えているようだったが、

「いやらしいですね」

亀本は唇を歪めて嫌味を言った。

「処女のくせに、おっぱいの先っぽは感じるんですか？」

「そっ、そんなことっ……」

紗季子は恥ずかしそうにいやいやをしたので、

「ブリッ子してないで、咥《くわ》えてくださいよ」

亀本は紗季子の頭をつかみ、口唇に男根をねじりこんでいった。

「ぅんぐっ！　ぅんぐうううーっ！」

深々と咥えこませれば、紗季子は鼻奥で悶え泣いた。涙眼になって、苦しいと訴えてきた。苦しいから許してほしいと……。

亀本はもちろん許してやらなかった。逆に腰を使ってピストン運動を送りこみ、口唇をえぐってやった。両手で頭をつかんでいるので、紗季子は逃れられな

い。こちらの思うがままに、麗しい美貌を犯される。

彼女は自分の容姿が異性にどのように映っているのか推し量れないほど、頭の悪い女ではなかった。群を抜いた美人という自覚があるからこそ、あれほど高慢ちきな態度がとれるのだ。

その象徴である顔を犯すのは、快感だった。紗季子が絶対の自信をもっている顔面に、ぐいぐいとピストン運動を送りこんだ。いちばん深く咥えさせた状態で頭を押さえると、顔を真っ赤にして涙を流しはじめた。鼻水まで垂れてくると、亀本は胸底で快哉《かいさい》を叫んだ。

「見てくださいよ」

紗季子に姿見を見るようにうながす。

「いい顔になってきましたよ、とっても」

彼女はそのときまで、鏡を意識していなかった。処女喪失を目前に控えて、そんな余裕はなかったのだ。

「ぅんぐっ！　ぅんぐぅぅぅぅーっ！」

涙どころか鼻水まで垂らした無残な自分の顔を見た紗季子は、さらに涙を流して端整な美貌をぐちゃぐちゃにした。

「可愛いですよ、山根部長。普段のあなたはいけ好かないですが、チンポを咥えこんで泣いているいまは、すごく可愛い」

「ぅんぐっ！　ふぐうううううーっ！」

いよいよえずきそうになったので、亀本は紗季子の口唇からペニスを抜いた。紗季子がうずくまって咳《せ》きこむ。亀本は介抱するふりをして、彼女をベッドにうながした。バスタオルを取ってしまったので、全裸だった。股間を飾る黒い草むらが見えた。

優美な小判形をしていた。濃すぎず薄すぎず、たまらなく美しい。こんなところまで完璧とは、まったくもって許せない女だ。

「いっ、いやあああああーっ！」

紗季子が悲鳴をあげた。まだ呼吸が整っていない彼女の体を、亀本は丸めこんだ。両脚をひろげてマングり返しだ。

「やっ、やめてっ！　いやよっ！　こんなのいやあああーっ！」

あられもない格好で押さえこまれた紗季子は、顔を真っ赤にして叫んだ。しかし、マングり返しは男にとってこれ以上なく興奮する体勢である。

まず、顔と性器を同時に拝むことができる。紗季子の股間は美しかった。黒い草むらが茂っているのは恥丘の上だけで、性器のまわりは無毛状態——アーモンドピンクの花びらがぴったりと口を閉じ、魅惑の縦一本筋を描いている。脂ぎった視線でそれを舐めるように眺めれば、麗しい美貌が羞《は》じらいの色に染まりきり、いまにも泣きだしそうに歪んでいく。

「ねっ、ねえ、お願い、亀本さんっ！　こんなの許してっ！　舐めるのはいいけど、舐められるのは恥ずかしすぎるからあああっ……」

「そんなわけにいかないでしょ」

亀本は失笑まじりに言い放った。

「舐められたら舐め返す。それがセックスですよ。三十四歳の処女だって、それくらいのことはわかるでしょう？」

「いっ、いやなのっ！　舐められたくないのっ！　匂いを嗅がれるのも無理っ！　お願いだから許してっ！」

「へえ、匂いを嗅がれたくないんですかあ……」

亀本はくんくんと鼻を鳴らした。処女の生々しいフェロモンは、意外なほどいい匂いだったが、

「クサッ！」

亀本は顔をしかめた。

「なるほど、こんなに臭いオマンコの匂いは、嗅がれたくないかもなあ」

「もうやめてえええっ……」

紗季子が涙を流しはじめる。先ほどまで流していた涙は苦しさによるものだったが、いまは恥ずかしくて泣いている。復讐はここに遂げられた。だが、まだ序の口だ。泣きじゃくるまでいじめ抜いてやる。

「味のほうはどうかな？」

尖《とが》らせた舌先で、縦一本筋をツツーッと舐めあげると、

「あううっ！」

紗季子が甲高《かんだか》い声を放った。普段の声が低めだから、二オクターブも高くなったようだった。それに、そこはかとなく色香も混じっている。

ツツーッ、ツツーッ、と亀本は縦一本筋を執拗《しつよう》に舐めあげた。処女膜がある以上、乱暴にはできないが、そのぶんしつこく舌を動かす。縦一本筋からじわりと蜜が滲みだしてくると、それと唾液を混ぜあわせてヌルヌルに濡らしていく。

「本当に処女膜ってあるんですかねえ」

左右の人差し指を花びらの両サイドにあてがうと、女の割れ目をひろげた。つ

やつやと輝く薄桃色の粘膜が恥ずかしげに顔をのぞかせ、亀本はごくりと生唾を呑みこんだ。

肉穴の入口の縁に、白いフリル状のものが見えた。高校時代、福沢が医学書に載っている処女膜の写真を見せてきた。それゆえ、処女膜とは穴を完全に覆っているのではなく、縁にフリル状についていると知識としては知っていた。

「可愛い処女膜ですね」

紗季子の顔と股間を交互に眺めながら、亀本はククッと喉を鳴らした。

「三十四歳のバリキャリでも、ここだけは女子高生みたいじゃないですか。まあ、いまどきは女子高生でも経験者のほうが多いでしょうけど」

ふうっと息を吹きかけてやると、紗季子はぎゅっと眼をつぶった。耐えがたい羞恥に耐えている顔が、たまらなくそそる。

(さーて、煮て食おうか焼いて食おうか……)

つい最近まで素人童貞だった亀本には、たいしたベッドテクがなかった。風俗遊びは基本的に受け身で楽しむものだから、技術の向上は望めない。しかし、彩乃との夫婦生活を見据えてから、亀本は熱心に性技の勉強をしていた。暇さえあればその手のサイトを読みあさり、女の悦ばせ方を研究している。

「はっ、はぁうううう－っ！」

紗季子がひときわ色っぽい声を放った。亀本がクリトリスを舐めはじめたからだ。それも、ざらついた舌の表面や尖らせた舌先ではなく、つるつるした舌の裏側を使った。

それがいちばん女の感じるクンニであるという記事を読んだからだが、本当だった。三十四歳の処女は、ひいひいと喉を絞ってよがり泣いた。セックスの経験がなくても、性欲がないわけではないのだろう。紗季子はむしろ、性欲が強そうに見える。オナニーが日課と言われても驚かないくらいに……。

「ああっ、いやっ……いやようっ！」

先ほどまでの「いや」とは、あきらかにニュアンスが違う「いや」だった。いやよいやよと言いながら、よがり泣くことをやめない。

「そっ、そんなにしたらおかしくなるっ……おかしくなっちゃうっ……やっ、やめてええっ……もう許してえええっ……」

イッてしまいそうなのだろう。手心を加えて包皮の上からクリを舐めているのに、ずいぶんと敏感である。これはやはり、オナニー好きに違いない。いつもは自分の指でいじっている部分を、男の舌に舐められているのだから、さぞや気持ちがいいはずだ。

亀本は舌の裏側をクリトリスに密着させると、舌は動かさずに顔を左右に振りたてた。

「はっ、はぁうううううーっ！」

紗季子はもう、顔はもちろん耳や首まで真っ赤だった。形のいい美乳をプルプルと震わせ、宙に浮いている足指をぎゅうっと内側に丸めていく。

亀本はしつこくクンニリングスを続けながら、両手を紗季子の胸に伸ばしていった。マングり返しは最高の眼福《がんぷく》を楽しめるだけではなく、クンニをしながら胸を愛撫するのが容易である。

左右の乳首をつまみ、こりこりと刺激してやると、

「ああああっ、ダメッ！　ダメだからっ……ダメになっちゃうからっ……もう許してっ……お願いだからもうやめてえええーっ！」

紅潮しきった顔をくしゃくしゃに歪めた。

「イッ、イクッ！　イクイクイクイクーッ！　はぁあああああーっ！」

喉を突きだして叫ぶと、全身を小刻みに震わせた。処女だけに、オルガスムスの反応は控えめだったが、紗季子はたしかにイッたようだった。

5

「処女のくせにイクなんて、いやらしすぎじゃないですか？」

亀本は冷めきった声で言った。

ベッドの上に正座をしている紗季子は、がっくりとうなだれて言葉も返せない。マングり返しの体勢から解放すると、しばらくは呼吸を整えるので精いっぱいだったが、やがてのろのろと体を起こして正座した。べつに亀本が正座をして反省しろと言ったわけではない。

「もしかして、処女っていうのは嘘なんですか？」

「……本当です」

低い声で唸るように言った。

「あなた、動かぬ証拠を見たんでしょ」

「可愛い処女膜でしたね」

亀本はクックッと喉を鳴らして笑った。

「でも、処女がマングり返しでイッちゃうなんて……」

「……もういじめないで」

「べつにいじめてませんよ。事実を言ってるだけでしょ。処女のくせにマングリ返しでイッちゃうのはドスケベだって」

「いいから早く抱きなさいよっ！」

紗季子が涙眼でキッと睨んできたので、

「ずいぶん強気じゃないですか」

亀本は苦笑した。

「まあ、いいですけどね。ドスケベ処女にお似合いの破瓜《はか》の儀式を思いつきましたから」

あお向けになると、紗季子が不思議そうな顔をした。

「またがってください」

「えっ……」

「騎乗位ですよ」

「そっ、そんなっ……」

紗季子は青ざめた。

「あなたが上になりなさいよ。わたし、初体験なのよ……」

「あっ、ご存じない？　処女喪失は女性上位っていうのが、いまや世界のスタンダードなんですよ」

スタンダードなわけがないが、我ながらいい思いつきだと亀本は内心でほくそ笑んだ。女が上になっていれば、破瓜の痛みに自分で対処できる。そうしたよさもあるのだが、やはり騎乗位で処女を失うのはかなり恥ずかしいだろう。そんな女は滅多にいないことをあとから知った紗季子は、亀本を最低な初体験の相手と断じるに違いない。

「さあ、早くまたがって」

「ううう っ……」

紗季子は唇を噛みしめながら、のろのろと亀本の腰にまたがってきた。処女とはいえ、騎乗位がどういうものかは知っているらしい。上体をしっかりと起こしている。スタイル抜群で姿勢もいいから見上げると美しかったが、

「違いますね」

亀本は唇を歪めて言った。

「まったくこれだから処女は……経験がなくても、騎乗位がどういうものかくらい知ってるでしょ？　三十四歳にもなって」

紗季子の両膝をがっちりつかむと、それを立てさせた。

「えっ？　いやっ……なんでっ……」

男の腰の上でM字開脚を披露した紗季子は、ひどくあわてた。相撲の蹲踞《そんきょ》のような格好だから、黒い草むらが茂った下に、アーモンドピンクの花びらが見えている。性器と性器を繋げれば、結合部が丸見えだ。

「こっ、こんなのいやよっ……普通でいいでしょ」

「普通ってなんですか？　上になっても処女なんだから腰が使えないでしょ。動けない女と騎乗位をするには、これがいちばんいいんですって。ほら、早く入れる準備してください」

「うっ、嘘でしょっ……もうやだっ……」

紗季子は泣きそうな顔になりながらも、きつく反り返っているペニスをつかみ、自分の肉穴の入口に導いていった。

彼女の表情からは、なにがなんでも目的を果たすという決意や覚悟はうかがえなかった。目的とは結婚だが、いまの紗季子はそれ以上にセックスに強い興味をもっているようだった。マングり返しでイカされてしまい、三十四歳の体に火がついたのかもしれない。

「どっ、どうすればいいのよ？」

「腰を落としてくれれば入りますよ」

「痛いのよね？」

「らしいですね」

「どれくらい？」

「男の僕に訊かれたってわかるわけないでしょ。でも、あなたが下に見ていた女の子たちでも我慢できたんだから、たいしたことありませんよ、きっと」

「ううっ……ううう……」

紗季子は恨みがましい眼を亀本に向けると、深呼吸をした。何度息を吸って吐いても怯えは払拭《ふっしょく》できないようで、美しい顔がひきつりきっていく。

気の毒だが、亀本は痛快な気分だった。世界的大企業の社内を、いつも肩で風を切って歩いている女だった。それが泣きそうな顔で女の恥部という恥部をさらしきり、処女にもかかわらずみずから結合しようとしている。こんなにもいやらしく興奮する光景は二度と見られそうもない。

「ぐっ……」

ひきつった美貌が歪んだ。しかし、亀本に挿入した感覚はない。まだ全然入っていない。入口に亀頭が密着しているだけだ。

「なにやってるんですか？　もっと思いきり体重をかけてくださいよ」

「そっ、そんなこと言われてもっ……」

紗季子は涙を流しはじめた。

「こっ、怖いのよっ……お願いだからあなたが上になってて……ね、他のことはなんでも言うこと聞く。なにしてもいいから、あなたが入れてっ……」

「うーん」

亀本は唸った。このセックスが復讐である以上、紗季子の嫌がることこそ絶対にごり押しするべきである。しかし、ほだされてしまいそうだった。美人の怒った顔は怖いが、泣いている顔はエロい。エロい女の哀願を冷たく突き放せるほど、亀本はイヤな奴ではなかった。

「わかりました。僕が上になりましょう」

亀本が「僕が上に」と言ったあたりで紗季子は亀本の上から飛びのいた。ベッドにあお向けになって両手で顔を隠した。まるで小動物のような俊敏な動きだった。

その両脚の間に、亀本は腰をすべりこませた。にわかに不安がこみあげてきた。処女を奪った経験などなかったからだ。ついこの前まで素人童貞だったのだから、あるわけがない。

だがここは、男らしく処女を散らしてやる場面だろう。俺ならできる、俺ならできる、と自己暗示をかけながら、紗季子の両脚をM字に割りひろげた。勃起しきった男根を握りしめ、先端を肉穴の入口にあてがう。マングり返しをしたばかりだから、穴の位置は記憶に新しい。

「いきますよ……」

声をかけると、紗季子は両手で顔を覆ったままコクコクとうなずいた。

「むうっ」

亀本は息をとめて腰を前に送りだした。強めに突いたつもりだが、はじかれた。見た目は可愛らしくても、処女膜とはかなり堅固《けんご》な関門らしい。もう一度、突いてみる。入らない。三度やっても全然ダメだ。

しかたなく、上体を紗季子に覆い被せた。両手で顔を隠している女の肩に腕をまわし、彼女の体を引きつけるようにしながら、渾身《こんしん》の力で男根を押しこむ。

「あぐっ！」

紗季子が濁った悲鳴をあげたのと、亀頭が埋まった実感が訪れたのが同時だった。そのままむりむりと入っていく。かなりきついのは処女の証左《しようさ》か？　処女とはこんなにもきついのか?

「ぐっ……ぐぐっ……」

「もう少しですから我慢してください」

男根を根元まで埋めきると、奪った、という感覚が訪れた。三十四歳の処女を奪った実感だ。

想像していたよりはるかに上の歓喜が、胸いっぱいにひろがっていった。いま腕の中にいる女は、自分によってセックスを知ったのだ。他の男には触れられていない、まっさらな体を与えてくれたのだ。

「あっ、あのうっ……」

上ずった声をかけた。

「顔、見せてもらえません?」

紗季子が両手をどけると、麗しき美貌がいやらしく歪んでいた。気絶しそうなエロさに、亀本は思わずキスをしてしまった。すかさず紗季子の口の中に舌を差しこみ、舌と舌をからめあわせた。

もちろん、性的快感によって顔が歪んでいるのではなく、痛みをこらえているだけだろう。だが、よがり顔と苦悶の表情はよく似ている。眉根を寄せてぎゅっと眼を閉じている紗季子の顔は、喜悦《きえつ》に悶えているようにしか見えない。

亀本が腰を動かしはじめると、

「あぁあああーっ！」

一瞬前まで処女だった女は甲高い声をあげた。それもまた痛みに由来するものだろうが、あえぎ声によく似ている。紗季子は普段の声が低いから、甲高い声を出すだけでたまらなくいやらしい。

亀本は激しく興奮した。痛がる女を抱いて興奮することなどないだろうと思っていたが、痛がっているように見えないのだ。しかも、紗季子は稀に見る美人である。容姿だけなら芸能界でも通用しそうな女が、おのが男根を咥えこまされて悶えているなんて、興奮せずにはいられない。

「むううっ！　むううっ！　むううっ！」

息をとめて連打を送りこんだ。相手は処女なのだから遠慮がちにしてやるつもりだったのに、自分を制御できなかった。いや、本能を制御できない。美女中の美女の処女を奪い、いやらしすぎる表情や声を聞かされて、全身の細胞が歓喜に震えている。

「あぁあああっ！　あぁあああーっ！　あぁあああーっ！」

破瓜の痛みにのたうちまわりながらも、痛いとだけは決して言わないところに、紗季子のプライドを感じた。亀本は突いて突いて突きまくった。穴の入口を縁取る処女膜をこそげ落とす勢いでぐりんぐりんと腰をまわしては、力をこめた渾身のストロークを送りこんでいく。

たまらなかった。

激しく興奮していると、それだけ射精が近くなる。男根の芯が熱く疼《うず》きはじめる。いつもならピッチを落とすが、今回ばかりは早々にフィニッシュしたほうがいいだろう。処女を相手に、いたずらに挿入時間を延ばしてもしかたがない。いくらいやらしい顔をしていても、紗季子は痛みをこらえているのだ。

「だっ、出しますよっ……そろそろ出しますっ……」

声をかけると、紗季子は薄眼を開けた。黒い瞳が涙でうるうるだった。泣くほど痛いのだろうが、感じすぎているようにしか見えない。

「だっ、出してっ……」

絞りだすような声で言った。

「中にっ……中に出してっ……」

もちろん、そのリクエストには応えられなかった。それどころか、心を鬼にして無残なフィニッシュをしなければならない。復讐はすでに遂げられた。紗季子に生き恥という生き恥をかかせてやった。

残るミッションは、彼女に嫌われることだった。こんな男とは結婚できない！　と思わせることができなければ、話がややこしくなるだけだ。

「でっ、出るっ……もう出るっ……」

「出してっ！　中で出してっ！　いっぱい出してえええーっ！」

紗季子が涙を流しながらすがるように見つめてくる。

「出る出る出る出るっ……おおおおっ……うおおおおおーっ！」

亀本は雄叫《おたけ》びをあげて最後の一打を打ちこむと、その反動を利用してパンパンに膨張したペニスを抜いた。歯を食いしばって立ちあがり、紗季子をまたいだ。今度はこちらが蹲踞の体勢だ。ペニスの切っ先を呆然としている紗季子の顔に向けると、思いきりしごきたてた。

ドピュッ、と熱い白濁液が噴射した。

「うおおおおおおおーっ！」

亀本の野太い声と、

「いやあああああああーっ！」

紗季子の悲鳴が重なった。

ドピュドピュドピュと吐きだされる白濁液は、すべて紗季子の顔面にかけられた。せっかくの麗しい美貌も、こうなっては台無しである。しかもそれは、女性が好む甘いコンデンスミルクなどではなく、イカ臭いザーメン……。

女にとって、これ以上屈辱的なフィニッシュはないだろう。

AV女優が顔面シャワーを許しているのは、それ相応のギャラをもらっているからだ。一般人の女でそんなことをされて怒りださない女なんているはずがない。顔に射精する男なんて、どんな女からも嫌われるはずだ。

ミッション・コンプリート……。

紗季子に対して申し訳ない気持ちがないではなかったが、これはしかたがないことなのだ。亀本には彩乃がいる。紗季子には、処女を捨てて軽やかになった心と体で、他の男とセックスを楽しみ、結婚してもらうしかない。

第四章

1

日曜日の午後、彩乃が亀本の部屋にやってきた。

「ちょっと着替えるね」

彩乃はまず、そそくさとバスルームに消えていった。彼女がやりにきたのは家事である。ひとり暮らしの亀本の部屋を掃除し、溜まった洗濯物を洗って干し、料理をつくる——付き合いはじめたばかりのカップルにとっては、外でデートするより、よほど楽しいイベントのひとつだろう。

もっとも、亀本の部屋は狭い１ＤＫだし、ひとり暮らしが長いから、基本的には片づいている。洗濯物だって大量に溜まっているわけではない。しかし、可愛い彼女が部屋に来て家事をやってくれるというだけで、朝から何度も勃起してしまった。エプロン姿で料理をしている彩乃の姿を思い浮かべれば、勃起せずにはいられなかった。

（まあ、あわてなくても家事が終わってご飯を食べれば……）

することはひとつしかないだろうと、頬がゆるんでしかたがなかった。彩乃と体を重ねるのは、これで二回目。前回は巨乳を活かしたパイズリから、洗面所での立ちバックと、すっかり彼女のペースだった。今回はそれではいけない。男らしくリードして、二十六歳の若牝を翻弄《ほんろう》してやりたい。

「じゃーん」

バスルームから出てきた彩乃を見て、亀本は腰を抜かしそうになった。家事をするため、ラフな格好に着替えるのだろうと思っていたのに、彩乃はメイド服に身を包んでいたからだ。

黒と白のエプロンドレスだ。半袖のパフスリーブ、太腿が見えるミニ丈、純白のニーハイソックスやカチューシャも可愛らしい。

彩乃はかつて、家族経営のレトロ喫茶〈ロッシー〉でウエイトレスをしているとき、その格好をしていた。女子高生時代の話だから、もう十年近く前のことだ。アイドル級の顔をした彩乃がメイドの格好をすると、まさしく鬼に金棒。可愛いの具現化がそこにあるようだったが、色気はなかった。

しかし、二十六歳のいまは違う。可愛い顔はそのままに、体に厚みが出た。メイドの衣装が窮屈そうに見えるほど、どこもかしこもむちむちしていた。女子高生時代にそんなことを思ったことはないが、はっきり言ってエロかった。

「それじゃあ掃除から始めますねー」

彩乃はノリノリで掃除機をかけはじめたが、唖然とするほど下手だった。四角い部屋を丸く掃くというか、ただ掃除機を動かしているだけで、どうにも要領が悪すぎる。

洗濯をすれば柔軟剤を入れ忘れるし、皺《しわ》にならない干し方を知らなかった。料理に至っては、〈ロッシー〉のカレーである。自分でつくったような顔をして出してきたが、亀本の舌は覚えていた。

（女子力のアピールに来たんじゃなかったっけ？）

そうであるなら大失敗だろうが、亀本は彩乃が可愛くてしようがなかった。

なるほど、家事が万能な女と結婚すれば、生活のクオリティはあがるだろう。だが、妻というのは家政婦ではない。妻には家政婦にはできない、大切な仕事がある。

亀本の部屋は畳敷きで、ちゃぶ台を出して食事をする。ベッドはないから、寝るときはちゃぶ台を片づけて布団を敷く。だが亀本は、カレーを食べながら勃起していた。そうなると布団を敷くひと手間がたまらなく面倒で、畳の上でいたしてしまおうと思った。

「彩乃ちゃん……」

カレーを食べおえると、すかさずむしゃぶりついていったが、

「ダメですよう」

彩乃はいやいやと身をよじって抱擁《ほうよう》をといた。

「お皿洗わないと……」

「いいよ、そんなこと。あとで俺がやっとくから」

「ダメダメ。花嫁修業中の女子としては、汚れたお皿を残して帰れないです」

彩乃は立ちあがって皿を台所に持っていった。洗い物をしている彼女の後ろ姿を、亀本はぼんやり眺めていた。表情はぼんやりでも、ズボンの中で勃起しきったイチモツはズキズキと熱い脈動を刻んでいる。

メイド服というものは、こんなにもいやらしい衣装だったのかとしみじみ思う。白いニーハイソックスとミニ丈の裾の間に、太腿が見えている。若さがはじけるような太腿だが、彩乃もすでに二十六歳、女らしさも充分にある。

さらにヒップだ。昔はこんなに大きくなかった。女子高生時代の彼女は、胸も尻もまだまだ発育途中で、可愛らしさだけを特化した着せ替え人形のように色香を感じさせなかった。

だがいまは……。

「すっごい視線を感じるんですけど」

皿を洗いながら彩乃が言った。

「そんなにジロジロ見ないでください」

彼女はこちらに背中を向けている。

「見てるのがわかるのかい？」

「わかりますよー」

「可愛いな、って思ってたんだよ」

「本当？」

「ああ」

「エッチなこと考えてたんでしょ？」

「それは……まあ……」

亀本が口ごもると、洗い物を終えた彩乃が振り返った。

「もっとエッチな格好してあげましょうか？」

「えっ……」

「ちょっと待っててくださいね」

彩乃は濡れた両手をタオルで拭《ぬぐ》うとバスルームに消えていった。

もっとエッチな格好？　――亀本は首をかしげた。女子高生時代はそうとは感じなかったが、二十六歳になった彩乃のメイド姿は色っぽかった。できることなら、あの格好のままの彼女を抱きたいと思っていたのだが……。

「じゃーん」

バスルームから出てきた彩乃を見るなり、亀本はまばたきも呼吸もできなくなった。

「そっ、それはやりすぎじゃないのか……？」

彩乃はメイドの衣装を脱いでいた。しかし、胸あて付きの白いエプロンはしている。いわゆる裸エプロン――パンティは穿いているのかもしれないが、前からは見えない。さらに、純白のニーハイソックスやカチューシャなどはつけたままだから、エロさも倍増だ。

「エッチでしょう？」

彩乃はニヤニヤ笑っている。笑顔がたまらなく卑猥だ。

「後ろ向いてあげましょうか?」

「たっ、頼む……」

亀本が身を乗りだすと、彩乃はゆっくりと体を横に向けた。大胆な彼女のことだから、ノーパンの可能性が高い。そうであれば、即セックスだ。生身の尻を見せられて、我慢できる男なんていない。

ところが彩乃は後ろを向かず、横を向いたまま親指の爪を嚙み、意味ありげな上眼遣いを向けてきた。

「でもやっぱり、種明かししないほうが、亀本さん興奮するかも」

種明かしというからには、パンティを穿いているのかもしれなかった。だがしかし、亀本はそれどころではなくなっていた。

(わっ、わざとだな……わざと見せてるんだな?)

横を向いたことで、たっぷりと豊満な乳房の隆起が見えていた。いわゆる横乳である。それも類《たぐ》い稀《まれ》な巨乳の……。

ブラジャーはしていなかった。さすがにブラをするとエプロンで隠しきれないのだろうが、これでノーパンである確率もあがった。上を脱いだなら下も、と考えるのが人間ではないか？　セックスが開始されるタイミングが、じわり、じわり、と近づいてくるようだ。

「うっ、後ろを向いてくれよっ……」

亀本は興奮に上ずりきった声で言った。

「そんなに見たいですか？」

「見たいよ！　見たいに決まってるじゃないか！」

すがるように哀願しても、彩乃はなかなか後ろを向いてくれなかった。もったいぶらずに早く見せてくれと、亀本は泣きそうな顔になっていく。

2

彩乃は結局、後ろを向いてくれなかった。

「立ってください」

と亀本の手を取って立ちあがらせると、足元にしゃがみこんだ。言うまでもなく、仁王立ちフェラの体勢である。

「ああーん、もうこんなに大きくなってる……」

彩乃は甘ったるいアニメ声で言うと、亀本の股間の隆起をすりすりと撫でてきた。撫で方もいやらしかったが、いまの彩乃はメイドふう裸エプロンである。ヴィジュアルの破壊力がすごすぎて、イチモツがズボンを突き破りそうだ。

「苦しそうだから出してあげますねー」

ベルトがはずされ、ズボンとブリーフがめくりさげられる。痛いくらいに勃起しきった男根が、彩乃に向かって勢いよく屹立する。さあ舐めてくださいと言わんばかりに……。

「ぅんあっ……」

彩乃は唇を淫《みだ》らなOの字にひろげると、亀頭を深々と頬張った。前回は、巨乳女子の伝家の宝刀、パイズリで翻弄されてしまったが、彩乃はフェラチオも抜群にうまかった。

口の中で唾液を大量に分泌させ、その唾液ごと、じゅるっ、じゅるるっ、としゃぶりあげてくる。吸引力が強すぎないところが心地よく、口内では舌が素早く動きまわっている。そうしつつ右手で肉棒の根元をしごき、左手で玉袋をあやしてくる波状《はじよう》攻撃に、亀本は息もできない。みるみるうちに、顔が燃えるように熱くなっていく。

「ねえねえ、亀本さん……」

彩乃が唾液まみれになった男根をしごきながら言った。

「なっ、なんだい？」

「わたしとひとつ、賭けをしません？」

「どんな賭け？」

「エプロンの下に、パンティ穿いているかどうか」

「なにを賭けるの？」

「はずれたら中出しして」

「ううっ……」

亀本は唸った。彩乃は結婚を望んでいるし、妊娠出産もウェルカムだ。中出しを求めるのは当然なのだが、亀本は焦りたくなかった。

彩乃は若いし、可愛いし、とびきりエッチだし、いずれは結婚したいと考えているけれど、急《せ》いては事をし損じる。なにしろ一生の問題なので、ここはじっくり構えたい。

「ちっ、ちなみに、こっちがあたったらどうなるわけ？」

「もっとセクシーな格好してあげますよ」

彩乃が歌うように答えたので、亀本は苦笑した。

「もっとセクシーって、全裸以外にあり得ないじゃないか」

「それがあるんですよねえ」

彩乃がニヤニヤと笑う。

「亀本さんの度肝を抜く自信があるし、セックスも確実に盛りあがります」

「うーむ……」

裸エプロンよりいやらしい格好が、亀本はにわかに思いつかなかった。しかし、世の中に全裸よりもエロティックなコスチュームが存在するのは事実だ。スケスケのレオタードとか、スケスケの全身ストッキングとか、スケスケのランジェリーとか……彩乃はコスプレが嫌いじゃなさそうなので、隠し球を用意していてもおかしくない。

「ねえ、お願い……」

彩乃がそそり勃った男根を舐めてくる。ペロペロと亀頭に舌を這わせては、アイドルフェイスが唾液にまみれるのも厭《いと》わず頬ずりまで……。

「わたし、亀本さんと結婚したいの……亀本さんの赤ちゃんが欲しいの……」

「よっ、よかろう……」

亀本はうなずいた。女子高生時代は生意気だった彩乃に、フェラをしながら哀願され、ほだされてしまった。どうせこちらのことを冴えない中年男だと思っているに違いないが、それはいい。結婚して子供を産みたいといういまの言葉には嘘がない気がした。

「じゃあ、パンティを穿いているほうに賭ける」

亀本は彩乃がノーパンであることを確信していた。自分から男をラブホテルに押しこむ奔放《ほんぽう》さ、ノーブラで横乳を見せつけてくる大胆さ、そしてこれは最初のセックスではない。つまり、一度は亀本に全裸を見せているので、エプロンの下にパンティを穿いている理由が見つからない。

だからあえて、亀本は逆張りをした。賭けに負けて結婚してやるつもりだった。完全にほだされていた。

しかし……。

彩乃はアイドルフェイスをみるみる曇らせていくと、

「マジか……」

小さくつぶやき、深い溜息をついた。フェラを中断して立ちあがると、くるりと背中を向けた。

巨尻と言っていいボリューミーなヒップを、パステルブルーのパンティがぴったりと包んでいた。

「亀本さん、絶対穿いてないって言うと思って、わざと穿いてたのに……」

悔しげに双肩《そうけん》を震わせていたが、彩乃は立ち直りの早いタイプのようだった。振り返ってニコッと笑顔を見せると、

「まあ、しようがないですね。賭けは亀本さんの勝ち。もっとセクシーな格好に着替えてきます」

バスルームに消えていった。その前に冷蔵庫のドアを開けてなにかを持っていった。意味がわからなかったが、どうだってよかった。

（拍子《ひょうし》抜けだな、こりゃ……）

すっかり彩乃と結婚する気になっていた亀本は、苦笑しながら服を脱いだ。勃起しきったペニスを唾液でヌラヌラ濡れ光らせているのに、ズボンとブリーフをあげる気にはなれない。

すっかり全裸になると、ちゃぶ台を片づけて布団を敷いた。先ほどは畳の上で押し倒してやろうと思っていたが、布団を敷けるタイミングがあるなら敷いたほうがいい。ついでにカーテンを引いて部屋を薄暗くしたが、考え直してもう一度開けた。薄暗くするのは、セクシーなコスチュームを見てからでも遅くない。

「じゃーん」

彩乃がそう言いながら登場した。一瞬、全裸かと思ったが、そうではなかった。左右の乳房の先端と股間に白いものがついている。

「さあ、召しあがれ」

布団の上にあお向けになった。

「お店で出している生クリームだから、おいしいですよ」

亀本は唖然とし、声も出せなかった。バスルームに入る前に冷蔵庫を開けたのは、あらかじめそこに保管してあった生クリームを取るためだったらしい。

（エッ、エロすぎるだろ……）

さらにペニスに力がみなぎった。上を向いて反り返り、釣りあげたばかりの魚のようにビクビク跳ねた。たしかにこれは、裸エプロンよりセクシーな格好だった。全裸よりもいやらしい。いやらしすぎて眩暈《めまい》がする。

家事の腕前はいささか残念な彩乃だったが、セックスに関しては天才なのかもしれない。これをやるためにわざわざ生クリームを用意してくるなんて、用意周到にもほどがある。

「ねえ、早く舐めてぇ……」

蕩けるようなアニメ声に誘われて、亀本も布団に横たわった。身を寄せていくと、生クリームの甘い匂いが鼻腔をくすぐった。巨乳の頂点に生クリームが載っている光景は衝撃的だった。

とはいえ、いきなりそこを舐めるのも失礼な気がして、唇を重ねた。お互いに舌を差しだし、からめあった。

亀本も興奮していたが、女の恥部という恥部を生クリームだけで隠している彩乃も興奮しているようだった。昂ぶる吐息《といき》をぶつけあっては、舌をしゃぶりあった。唾液が淫らに糸を引き、彩乃の瞳が潤んでくる。

「ぅんんっ……ぅんんっ……」

ディープなキスを続けながら、亀本は右手を巨乳に伸ばしていった。まずは裾野に手のひらをあてがい、やわやわと揉みしだく。彩乃の乳肉は柔らかく、触り心地がたまらなくいい。プニプニした弾力に酔いしれながら、満を持してふくらみの頂点に口を近づけていく。

「あっ……んんっ……」

ペロッと舐めてやると、彩乃が小さく声をもらした。眉根を寄せたいやらしい顔でこちらを見つめてくる。

亀本は彩乃の上に馬乗りになり、巨乳と本格的に戯《たわむ》れはじめた。緩急をつけて揉みしだき、ペロペロッ、ペロペロッ、と左右の頂点を交互に舐める。

やがて白い生クリームの下から、ピンク色の乳暈《にゅううん》が現れた。生クリームの白い部分を拭っても、乳脂肪でテラテラと光っているのがいやらしすぎる。乳暈でさえいやらしいのに、乳首ときたら……。

「あううっ！」

頂点に吸いつくと、彩乃は甲高い声を放った。亀本は生クリーム味の乳首を舐めしゃぶった。みるみる硬く尖《とが》りきり、舐め心地がよくなっていく。

「あああっ……はぁああっ……はぁううううーっ！」

変態じみたプレイに彩乃も興奮しているらしく、あえぎ声は大きくなっていくばかりだった。ここは壁の薄い安アパートだが、そんなことを気にしている場合ではなかった。

本丸を攻めるのは、まだまだこれからなのだ。

彩乃はパイパンなのである。

無毛状態の女の花が乳脂肪でテラテラ光っているところを想像すると、亀本は身震いがとまらなくなってしまった。

3

亀本は彩乃の上からおりると、クンニができるポジションに移動した。彩乃の両脚をM字に割りひろげた。

「ああんっ……」

恥ずかしげに声をもらした彩乃の顔は生々しいピンク色に染まりきり、欲情だけが伝わってくる。

亀本は彼女の股間を見た。肝心なところはすべて、白い生クリームで覆い隠されていた。ただし、恥丘の上には塗られていない。こんもりと盛りあがったパイパンの恥丘と生クリームのコラボがいやらしすぎて、しばしの間、まばたきも忘れてむさぼり眺めてしまう。

「ああっ、早く舐めてっ……」

彩乃はもう辛抱たまらないらしく、身をよじりはじめた。

「舐めてっ……彩乃のエッチなところ、いっぱい舐めてぇ……」

「むううっ……」

亀本は鼻息も荒く顔を近づけていくと、生クリームを舌先で少しだけすくった。発情の蜜と混じりあったそれをじっくりと味わいながら、少しずつ、少しずつ、舌先ですくう。

なんだか発掘作業でもしているようだったが、埋まっているのは古代遺跡ではなく、生身の女性器である。ペロッ、ペロッ、と舐めていき、アーモンドピンク色が現れたときは、異常な興奮を覚えた。くにゃくにゃした花びらが少しずつその全貌を露わにしていく。見れば見るほどいやらしい形をしている。

「あああっ……はぁあああっ……はぁあああっ……」

彩乃は激しく息をはずませ、身をよじっている。舌先が感じるところにあたると、ビクッとして太腿を震わせる。

我慢できなくなった亀本が花びらを口に含んでしゃぶりはじめると、

「はっ、はぁうううううーっ！」

彩乃は声をあげて背中を弓なりに反り返した。亀本は夢中で舐めまわした。生クリームの甘味が次第に薄まっていき、そのかわりの発情の蜜の味わいが舌をとらえる。むんむんと淫らな匂いを振りまいて、男を挑発してくる。もっと感じさせてとねだってくる。

「あううーっ！」

彩乃が鋭い悲鳴をあげたのは、亀本が肉穴に指を入れたからだ。中指一本で中をじっくりと掻きまわし、上壁のざらついた凹《へこ》みを探す。それが女の性感帯、Gスポットらしい。中指を鉤状《かぎじょう》に折り曲げて、凹みをぐーっと押すと、

「はっ、はぁうううううーっ！　はぁううううううーっ！」

彩乃は巨乳をタプタプとはずませ、あえぎにあえいだ。亀本は手応えを感じた。ネットで調べたにわか知識でも効果は抜群らしい。

ぐっ、ぐっ、ぐっ、とGスポットを押しあげながら、クリトリスに舌先を伸ばしていく。恥丘を挟んで内側からと外側からの同時攻撃がたまらないようだ。リズムに乗ってGスポットを押しあげながら、敏感な肉芽《にくが》をねちねちと舐め転がしてやる。

「はぁうううーっ！　はぁううううううーっ　はぁうううううーっ！」

彩乃はもう、顔を真っ赤にしてよがり泣くばかりだった。元は可愛らしいアニメ声が、欲情一色に染まりきっていく。

このままイカせることもできそうだったが、亀本は肉穴から中指を抜いた。どうせイカせるならペニスでイカせたかった。というか、カチンカチンに勃起したイチモツは、先端から大量の我慢汁をしたたらせている有様で、もはや我慢の限

界だった。

彩乃の両脚をあらためてM字に割りひろげ、正常位で挿入する体勢を整える。ペニスの切っ先を濡れた花園にあてがい、眼下の光景をむさぼり眺める。

前回は立ちバックで繋がったから、この光景を拝むことができなかった。たとえ風俗嬢が相手でも、正常位で女を貫いていくのはもっとも胸躍る瞬間だ。しかも、彩乃はパイパン。いやがうえにも興奮にブーストがかかる。

「いっ、いくよ……」

亀本は息をとめて腰を前に送りだした。アーモンドピンクの花びらを巻きこんで、ずぶっ、と亀頭が割れ目に埋まる。

「んんんっ！」

彩乃がきゅうっと眉根を寄せた。視線と視線とをぶつけあい、からませあいながら、亀本はずぶずぶとペニスを肉穴に収めていった。熱く濡れた肉ひだが、亀頭やカリにピタピタと吸いついてくる。

ずんっ、と最奥《さいおう》まで貫くと、

「あううーっ！」

彩乃は喉を突きだして声をあげた。ただ入れただけで、ハアハアと息がはずんでいた。彼女によれば、ふたりは体の相性がいいらしい。亀本もそれには同意する。このペニスの収まり具合はどうだ。サイズ感も角度的なことも、ジャストフィットとしか言い様がない。

ペニスを入れてもすぐに動くな——最近読んだセックスのハウトゥ本に紹介されていたベッドマナーだ。それに倣《なら》い、亀本はすぐには動きださなかった。

いきなりピストン運動を始めなくても、できることはたくさんある。無毛の割れ目におのが男根が根元まで埋まっている光景は、眼福を超えた衝撃に満ちていた。結合部を熱い視線で愛《め》でながら、両手を彩乃の胸に伸ばしていく。量感あふれるふたつのふくらみを、ねちっこい指使いで揉みしだいてやる。

「あああっ……」

彩乃が眉根を寄せて声をもらす。爪を使って左右の乳首をコチョコチョとくすぐってやると、物欲しげな顔で身をよじった。早く動いてほしいようだが、亀本は意地悪く焦《じ》らした。腰を動かさないまま上体を覆い被せて抱きしめたら、今度は濃厚なディープキス攻撃だ。

「ぅんんっ……ぅんんっ……」

舌と舌をからめあいながら、彩乃が恨みがましく見つめてくる。その瞳がみる

みる潤んでいく。亀本がゆっくりと腰をまわしはじめると、

「あああああっ……」

彩乃はせつなげに身をよじった。いや、反応しているふりをして、腰を動かしてきた。下になっているにもかかわらず、いやらしい女である。しかも、巨乳がこちらの胸にあたっているから、抱き心地も最高……。

亀本は腰の動きをグラインドからピストン運動に移行した。よく濡れた秘肉の感触を味わうように、まずはゆっくりと抜き差しする。十回ばかりその動きを続けてから、けてから、徐々にピッチをあげていく。ずんずんっ、ずんずんっ、とリズムに乗って、肉穴の最奥を集中攻撃だ。

「あああっ、いいっ！　気持ちいいっ！」

彩乃が腕の中で暴れだす。二十六歳の若い体を躍動させて、女の悦《よろこ》びをむさぼりはじめる。その様子は、ひたむきという言葉を使いたくなるほど健康的で、なおかつ、全身の血が沸騰しそうになるほど挑発的だった。肉穴に埋まったペニスが限界を超えて硬くなっていく。

「むううっ！　むううっ！　むううっ！」

亀本はしばらくの間、忘我《ぼうが》の境地で腰を振りたてた。彩乃とひとつになってい

る実感があった。体を離したくはなかったが、感じている女を抱いていると、もっと感じさせてやりたくなるのが男の本能というものだ。

亀本は上体を起こすと、ハアハアと息をはずませている彩乃を見下ろした。両脚をM字に押さえこみつつ、腰を動かした。ずんずんっ、ずんずんっ、と速射砲の連打を放ってから、深く埋めて最奥をぐりぐりと刺激する。さらに右手の親指で、クリトリスをねちっこくいじってやる。相手はパイパンなので、位置を特定するのは簡単だ。

「ああっ、いやっ！　いやいやいやいやっ！」

彩乃がちぎれんばかりに首を振った。

「そっ、そんなのダメッ……そんなことしたらすぐイッちゃうっ！　すぐイッちゃうからあああーっ！」

女の急所を二点同時に責められた彩乃は、半狂乱でよがりによがった。巨大な胸の隆起をタプンタプンと揺れはずませ、首にくっきりと筋を浮かべて、顔を真っ赤に染めあげていく。

亀本は手綱《たづな》をゆるめなかった。このままイケばいいと思いながら、ぐいぐいと腰を振りたて、しつこくクリトリスをいじりまわした。女が何度でもイケるということは知っていたが、最近、イケばイクほど気持ちよくなるという情報をネット の記事で知った。

そうであるなら、我が嫁候補を快楽の極みにエスコートしてやりたい。〈家族支援法〉という大きな餌があるとはいえ、こんな冴えない中年男と結婚してくれようとしているのだから、せめてベッドでだけは若い体を満足させてやりたい。何度でもイキまくらせなくては男がすたる。

「はぁああああーっ！　はぁあああああーっ！　はぁああああああーっ！」

彩乃のあえぎ声がひときわ甲高くなり、いよいよクライマックスに突入かと思われたときだった。

ドンドンドンッ！　と玄関扉が乱暴に叩かれた。

「うるせえなあっ！　静かにしろよっ！」

男の怒鳴り声にびっくりして、亀本は動きをとめた。おそらく隣の住人だ。七三分けに銀縁メガネの真面目な人なのだが、真面目すぎて異常にキレやすい。煙草のポイ捨てや犬の糞を放置しようとした場面に遭遇すると、こめかみに血管を浮かべてキレ散らかす。

「真っ昼間から盛《さか》っててんじゃねえっ！　常識を考えろ、常識をっ！　聞かされてるこっちの身にもなれっ！」

ガンッ！　と扉を蹴る音を残して、男は去っていった。

亀本と彩乃は眼を見合わせ、深い溜息をついた。

4

そろそろ日が暮れようとしていた。

キレた隣人の怒鳴り声でセックスの中断を迫られた亀本と彩乃は、いたたまれなくなって外に出た。

ここは都心からかなり離れた郊外なので、自宅のまわりにたいして店はなくても、自然には恵まれている。亀本が住んでいるアパートから徒歩二分のところには、サイクリングコースを有する大きな森林公園がある。

夕暮れのピンク色に染まった空の下、ふたりでトボトボ散歩した。疲れてしまってベンチに腰をおろした。会話がまったくはずまないので、もう十分以上お互いに押し黙っている。

（どうしたもんかなあ……）

亀本はセックスの続きがしたかった。彩乃もおそらく同じはずで、部屋を出てからずっと落ち着かない。

「ごめんなさい！」

彩乃が急に声を出したので、亀本はビクッとした。

「わたしが悪いんです。自分の声が大きいのわかってたのに……隣に聞こえたらどうしようって思っても、気持ちよすぎて、つい……」

「気にすることないさ」

亀本は苦笑した。

「いい歳してあんな壁の薄いアパートに住んでるこっちも悪いし……それに、セックスのとき声の大きい女は嫌いじゃないし……」

「本当？」

彩乃が不安げな顔を向けてきたので、

「ああ」

亀本は笑顔でうなずいた。

「感じてくれてるんだなって思うと、すごく嬉しいよ」

「……ありがとう」

彩乃はしおらしく礼を言ってうつむいた。

「しかし、キレやすいおっさんが隣に住んでちゃ、もううちではできないな」

「どこでするの？」

「ホテルとか……」

「お金かかるよ」

彩乃は亀本の懐具合を心配してくれているようだった。優しい女の子だと、胸が熱くなった。

とはいえ、現実問題として金がないのは動かしようもなく、欲望のままにラブホテルを利用することはできない。ラブホテルの料金は、激安ピンサロより高いのだ。月に一回がせいぜいだが、そんなペースで結婚への助走を決めることができるのか、不安になってくる。

「結婚してもあの部屋に住むのよね？」

彩乃が訊ねてきたので、

「そのつもりだけど……」

亀本は力なく答えた。ラブホテルに行く金もないのに、引っ越しなんて無理に決まっている。

「じゃあ、こうしない？」

何事かを閃《ひらめ》いたらしく、彩乃は眼を輝かせた。

「わたしがエッチのとき、声を出さなければいいわけでしょ？」

「まあねえ……」

「練習する」

「はっ？」

「エッチのときに、声を出さない練習」

「どっ、どうやって……？」

戸惑う亀本の顔を見て、彩乃はニヤリと笑った。

「外でエッチすればいいのよ。たとえばこの公園。木陰《こかげ》に隠れてても、声を出したら見つかっちゃうじゃない？　そういうシチュエーションなら、声を我慢できると思うんだけど……」

「うーむ」

亀本は腕組みをして唸った。たしかに、彩乃があえぎ声を我慢できるなら、問題はあっさり解決する。自分の部屋で好きなだけセックスをすることができる。まったく出さないまでも、テレビの音でカモフラージュできる程度までボリュームを絞れれば、隣の男も怒鳴りこんではこないだろう。

「練習しましょうよ」

彩乃が手を握ってきた。彼女の背後の空は夕焼けのピンク色に染まりきり、夜が近づいていることを告げている。

夜闇にまぎれて公園で野外セックス——亀本の心臓はにわかに早鐘《はやがね》を打ちだした。野外プレイになんて興味がなかったが、いまこの状況においてはベストな選択かもしれない。セックスの続きができるし、おまけにあえぎ声を我慢する練習にもなるのだ。

幸いというべきか、あたりに人影はなかった。明るいうちは小さな子供連れのママさんをよく見かけるが、夜の森林公園なんて誰も来ないだろう。

季節は初夏だった。寒くもなく、暑くもない。まさに野外性交にうってつけ、いや、野外で盛れと言わんばかりの気候である。

「どうします？」

彩乃が横眼でこちらを見る。

「わたしが声を我慢する練習、付き合ってくれますか？」

亀本はうなずいた。彩乃と見つめあったまま、ごくりと生唾を呑みこんだ。

彼女は淡い水色のワンピース姿だった。メイドのドレスは、自宅から持ってきて亀本の部屋で着替えたのだ。ゆったりしたワンピースだから、簡単に立ちバックができそうだ。

揃ってベンチから立ちあがった。奔放そうに見える彩乃も、さすがに野外セックスの経験まではないらしい。可愛いアイドルフェイスがひきつっていたし、歩き方がぎくしゃくしている。

刻一刻と暗くなっていく遊歩道を歩きながら、場所を探した。絶対に人が来ないとは言いきれないので、遊歩道の近くはまずい。かといって、地面が土になっているところをあまり奥まで入ってしまうと、帰りが怖い。夕焼けが終わってしまえば、あたりは真っ暗になるだろう。

「あのへん、どうですか？」

彩乃にうながされ、亀本は土の地面を踏みしめた。遊歩道から三十メートルほど離れたところに、巨木があった。両手で抱えきれないほど幹が太い。万が一、こちらに歩いてくる人がいても、この巨木があれば身を隠せそうだ。

「ここなら、いいかもな……」

亀本はあたりを見渡して言った。寄らば大樹の陰ではないが、巨木の側だと安心感があるし、なにより遊歩道にある外灯が見えていた。外灯の数は街中よりずっと少ないので、貴重な光源である。光は届かないが、灯りが見えていれば帰りも怖くない。

「亀本さん……」

彩乃が身を寄せてきて口づけをねだる。亀本はそれに応え、舌と舌とを情熱的にからめあった。お互いに興奮していた。怒鳴り声で中断させられたセックスの余韻《よいん》はまだ体の奥底でくすぶっていたし、これから野外性交に挑むという非日常性が本能の深いところを刺激してくる。

考えてみれば、亀本など野外でキスをしたことさえ初めてだった。しかも相手は十六歳も年下のアイドル級に可愛い女。そんな相手が欲情を隠しもせずにこちらの舌をしゃぶってくるのだから、まったく〈家族支援法〉様々《さまさま》である。

「わたしさっき、イキそうだったのに……イキそうだったのに……」

彩乃はうわごとのように言いながら、亀本の股間をまさぐってきた。亀本はキスをする前から勃起していた。

「すぐにでもこれが欲しいけど……でも、そんなの自分勝手ですよね？　わたし、いい子になって亀本さんに愛されたい……」

彩乃は亀本の足元にしゃがみこみ、ベルトをはずしてきた。続いて、ブリーフごとズボンをめくりおろす。勃起しきった男根が唸りをあげて反り返る。

亀本はゆっくりと息を吸い、またゆっくりと息を吐きだした。

あたりはもう薄暗くなり、夕焼けのピンク色も見えないくらいだったが、ここは野外だった。草木や土の匂いもすれば、風も吹いてくる。市民の憩いの場である森林公園で、途轍《とてつ》もなく破廉恥《はれんち》なことをしている自覚はある。罪悪感もないではないが、興奮がはるかにそれを上まわっていた。

「ぅんあっ！」

彩乃が亀頭を口に含んだ。生温かい口内粘膜をカリのくびれに感じ、亀本の息はとまった。

「ぅんんっ！　ぅんんっ！」

彩乃が鼻息をはずませて唇をスライドさせはじめる。彼女のフェラチオは独特で、口内に唾液を大量に分泌させ、その唾液ごと、じゅるっ、じゅるるっ、としゃぶりあげる。

「むううっ……」

亀本の腰は限界まで反っていった。彩乃が与えてくれる喜悦《きえつ》に身震いしながら、獣のようなセックスがしたいと思った。ここは野外なのだから、野獣と化して盛りあうのが正しい態度のような気がした。

獣になりたい亀本だったが、そうなるにはまだ早かった。

舐められたら舐め返すのが人として当然のマナーであり、野獣と化すのはひとつになってからでも遅くない。

5

「もういい……」

亀本は彩乃の口唇からペニスを抜くと、両手を巨木につくようにうながした。その状態で尻を突きださせれば、立ちバックの体勢のできあがりだ。淡いピンクのワンピースの裾をめくりあげると、パステルブルーのパンティに包まれたボリューミーなヒップが姿を現す。

悩殺的な光景だったが、フェラ好きの二十六歳にたっぷり舐められた亀本は興奮しきっていた。のんびり眼福を楽しむこともなくパンティをめくりおろし、左右の尻丘をぐいっとひろげた。

「んんんっ……」

彩乃が小さくうめく。熱く疼《うず》いている女の花に、新鮮な空気を感じたからだろう。亀本は尻の桃割れに鼻面を突っこんだ。もうとっぷりと日が暮れて奥のほうまでは見えなかったが、舌を伸ばしていく。

「むぐっ……むぐぐっ……」

むちむちと弾力のある尻肉を双頬《そうきょう》に感じながら舌を動かした。くにゃくにゃした花びらは感触でわかったが、クリトリスの位置までは特定できない。しかたなく右手を伸ばしていき、割れ目の上端をいじった。

「ぅんんっ！　ぅんんんーっ！」

彩乃は必死に声をこらえているようだったが、まだクンニである。しかも、視界が覚束《おぼつか》ない中での不完全なやり方なのに、腰をくねらせて悶えている。彼女もやはり、野外というシチュエーションに興奮しているのか？

「あっ、あのう……」

彩乃が声をかけてきた。

「もっ、もう入れてもらえませんか？　わたし濡れてますから……たぶん奥のほうまでヌルヌル……」

「そっ、そうか……」

亀本はうなずいて立ちあがった。脳味噌が沸騰しそうなほど興奮していた。野外セックスなんていままでしてみたいと思ったことすらなかったが、こんなにも刺激的だったとは……。

とにかく、いけないことをしている感がものすごい。もちろん、市民の憩いの場でセックスなんてしていいわけがないし、誰かに見つかれば赤っ恥をかく。そのスリルがたまらない。

だが……。

いよいよ結合して獣になろうと彩乃のヒップに腰を寄せていき、男根を握りしめたときだった。

人が来る気配がした。人というか自転車だ。目の前の道は遊歩道で、サイクリングロードではない。とはいえ、あたりはもう真っ暗だからルール違反をしても見咎《みとが》められないということか……。

二台のロードバイクが、外灯の下で停まった。自転車も見るからに高級そうだったが、ヘルメットを被り、夜なのにサングラスをかけている。しかも、やたらと生地が薄くて体にぴったりとフィットした、ツール・ド・フランスの選手のようなサイクリングジャージ姿だった。

（トレーニング中のアスリートか？）

こちらの存在に気づいていないふたりのサイクリストは、ひとりがリュックからキャンプシートを出して芝生に敷き、もうひとりが上下の繋がったサイクリングジャージを脱いだ。

胸元のファスナーをおろせば簡単に脱げるようだったが、真っ白い乳房が飛びだしてきたので亀本はもう少しで声をあげてしまうところだった。ふたりのサイクリストはカップルだったのだ。女のほうが大胆すぎる脱ぎっぷりでパイパンの股間までさらけだせば、男も負けじと全裸になる。

イチモツはちんまりしていたが、女がひざまずいてしゃぶりはじめると、すぐに大きくなっていった。

(なっ、なにをやってるんだ！　なにをっ……)

自分のことを棚にあげ、亀本は憤った。彩乃が振り返ったので、眼を見合わせる。彼女も啞然とした顔をしている。

いくらなんでも、人目をはばからないにもほどがあるだろう。現にこうして見ている人間もいるわけで、野外性交を楽しむにしても、もう少し遠慮がちにできないものだろうか？

男はイチモツが隆々《りゅうりゅう》と反り返ると、キャンプシートの上にあお向けになった。その腰を、女がまたいでいく。騎乗位だ。どうでもいいが、ふたりとも全裸なのにヘルメットとサングラスを着けたままなのが、たまらなく卑猥だ。

「あああああーっ！」

女は股間にペニスを咥えこむと、夜空に響き渡るような声をあげた。亀本はあんぐりと口を開いた。なるほど、ヘルメットとサングラスは誰かに見つかったときの防御策なのだ。顔さえバレなければ、どうってことはない。そんなことより、野外で思いきりセックスがしたい……。

「あああっ……はぁあああっ……はぁあああああっ……」

女は甲高い悲鳴を撒《ま》き散らしながら、ぐいぐいと腰を振りたてた。あまりに切迫したその振りたて方に、圧倒されてしまう。いやらしすぎて言葉を失う。女はやがて両膝を立て、M字開脚の中心をぐりぐりとこすりつけはじめた。

（……んっ？）

彩乃が振り返った。もう唖然とした顔をしていなかった。そうではなく、潤みきった瞳から欲情だけが伝わってくる。

ふたりはバックハグのような体勢になっていた。あとはもう後ろから貫くだけだったのだ。貫いてほしいと、彩乃の顔には書いてあった。亀本は場所を変えることを考えていたのに……。

（まっ、いっか。こっちのほうが興奮しそうだし……）

実際、挿入しようと握りしめたままだった男根はズキズキと熱い脈動を刻んでいた。切っ先で桃割れをなぞりあげれば、肉穴の入口がやけにヌルヌルしていた。サイクリストたちのセックスをのぞいて、彼女も興奮しているらしい。気持ちはわかる。夜の森林公園が、いきなりハプニングバーのようになったのだから。

「いくよ……」

彩乃の耳元でそっとささやき、腰を前に送りだしていく。ずぶっ、と切っ先を埋めこんでも、亀本は焦らなかった。なるべくゆっくり、三ミリ進んでは二ミリ戻す感じで、じわじわと結合を深めていく。

サイクリストたちのような恥知らずにはなりたくなかったからだが、時間をかけて結合していくのは悪くなかった。なんだかペニスが敏感になっていく気がして、肉穴の感触をいつも以上に味わえる。

「……んんっ！」

根元までペニスを埋めこむと、彩乃は鋭くうめいた。サイクリストたちに届くほどではなかったので、亀本はスルーした。いやらしすぎる結合感を噛みしめながら、腰をグラインドさせる。濡れた肉ひだを掻きまわしては、ぐいっ、ぐいっ、と最奥を押してやる。

尻を鳴らして音をたてたくなかったからだが、このやり方が彩乃のツボに入ったようだった。

「すっ、すごいっ、すごい気持ちいいっ……」

振り返って早口で言うので、亀本は彼女にキスをした。いまにもあえぎ声を放ちそうだったからだ。彩乃の上体を立ててしっかりと後ろから抱きしめると、結合感が増した気がした。その状態で最奥を押す。ぐっ、ぐっ、ぐっ、と押して押しまくる。

「ぅんぐうっ！　おっ、奥がっ……奥がいいっ！　揺れてるっ！　子宮が揺れてるうううう－っ……」

キスを中断しても言わずにいられないようだった。たしかに、亀本にもそういう感覚があった。切っ先でコリコリした子宮を揺らしている感覚が……。

「はっ、はぁあああああ－っ！」

サイクリストの女が、ひときわ甲高い声を放った。視線を向けると、騎乗位で男にまたがっている女の脚が、真一文字に伸びていた。男が左右の足首をつかんで、脚を開いているのだ。その状態で、下から突きあげている。ＡＶもびっくりのアクロバティックなやり方だが、ヘルメットにサングラスでもはっきりわかるほど、女は激しくよがっている。

「もっと！　もっとちょうだいっ！　めちゃくちゃに突いてっ！　突きまくってえええええーっ！」

オルガスムスも近そうな彼女に煽られて、亀本の腰使いも熱を帯びていく。ワンピースの上から巨乳をしたたかに揉みながら、子宮に亀頭をぐりぐりと押しつける。

「はっ、はぁうううううーっ！」

彩乃の喉から獣じみた声が放たれた。ついに声をこらえきれなくなったのだ。

亀本は一瞬凍りつき、サイクリストたちのほうを見た。さすがとしか言いようがなかった。こちらのことなどまったく気にせず、セックスに没頭している。

ならば、と亀本はギアをあげた。渾身《こんしん》のストロークをフルピッチで叩きこみ、パンパンッ、パンパンッ、とボリューミーな巨尻を打ち鳴らした。打ち鳴らしては、ペニスを深く埋めた状態で子宮を揺らす。

「イッ、イクッ！　気持ちよすぎてもうイッちゃうっ……イクイクイクイクーッ……はっ、はぁおおおおおおおーっ！」

ビクンッ、ビクンッ、と腰を跳ねあげて、彩乃はオルガスムスに達した。肉づきのいい全身をぶるぶると震わせて、女の悦びを嚙みしめている。サイクリストの女も、向こうで「イクイクーッ！」と叫んでいる。

女たちの淫らな競演に、亀本は奮い立った。パンパンッ、パンパンッ、と巨尻を揺さぶり、射精に向かって全速力で走りはじめた。

第五章

1

　究極の少子化対策と言われている〈家族支援法〉は、若者たちの未婚率の低さを解消し、出生率を爆上がりさせただけではなく、ひとりの冴えない中年男の人生さえもすっかり変えてしまった。

　四十二歳まで素人童貞、生涯女日照りを覚悟していた亀本に二十六歳の可愛い恋人を与えてくれたのみならず、仕事運さえ急上昇させたのだ。

　業界最大手である玩具メーカー〈ボンノー〉に、亀本はこのところ日参している。出した企画書が採用され、〈ボンノー〉によって大々的に売りだされることになったからだ。〈ボンノー〉は世界中に販売網があるので、世界同時発売となる。国内のみの販売より取引額が二桁も三桁も上だ。

　もっとも、亀本が出した企画書は、他の三流オモチャメーカーでも採用されなかった出来損ないである。それを〈ボンノー〉の企画部部長・山根紗季子がブラッシュアップしてくれた。より正確に言えばほとんど別物ではないかというところまで企画書を書き直し、彼女が指示を出して試作品をつくらせ、手柄だけを亀本にまわしてくれたのである。

意外な展開だった。

はっきり言って、仕事に関してはなにも期待していなかった。

なにしろ亀本は、処女の紗季子にキスより前にフェラをさせ、騎乗位で処女を散らせと迫り、途中で可哀相になってそれは許してやったのだが、一生記憶に残るであろう最悪な初体験をさせ、顔面に射精を決めたのである。

嫌われてしかるべきだし、むしろ嫌われなければ困ると思ったからだ。

だが紗季子は亀本の企画をどんどん進め、会議を通して発売を決定し、亀本は毎日のように〈ボンノー〉に呼びだされている。

呼びだしの連絡をしてくるのは彼女の部下である若い男性社員・渡部で、紗季子からの連絡はプライベートを含めて一度もない。〈ボンノー〉の社内で会議に同席しても、視線ひとつ合わせてこない。

しかし、紗季子にはあきらかに変化があった。彼女が出ていったあとの会議室で、若い男性社員たちのこんなひそひそ話をよく耳にする。

「山根部長って、最近感じが変わったと思わない？」

「あたりが柔らかくなったよな」

「女らしくなったって言ったほうが正確じゃね」

「前は怖かったもんな。超絶美人なのに」

「怖かった、怖かった」

「男でもできたのかなあ」

「それ、本人の耳に入ったらセクハラだぜ」

似たようなことを、亀本も思っていた。以前の彼女は、年上の部下だろうが出入りの業者だろうが、容赦なく罵《ののし》っていたのに、そういうことがいっさいなくなった。それどころか、会議の途中でふっと笑うことさえある。誰かが面白いことを言ったわけではなく、思いだし笑いである。会議室は凍りつく。あの山根部長が、笑っている……逆に怖い……。

（まあ、私生活でとんでもない事件があったからな……）

紗季子は三十四歳までともに歩んできた処女膜を捨て、大人の女になったのである。女らしくなるのもある意味当然かもしれず、亀本は微笑ましかった。

彼女には、軽やかになった心と体でいろんな男とセックスし、さっさと結婚相手を見つけてほしい。あの美貌にしてスーパーエリートの彼女なら、きっと良縁に恵まれるはずである。

六月下旬のある日、亀本はうきうき気分で繁華街を歩いていた。

夏のボーナスが出たからだ。去年まではボーナスなんて〇・五カ月分も出ればいいほうだったのに、三カ月分の大盤振る舞いである。もちろん、〈ボンノー〉との仕事がうまくいっていることを会社が評価してくれたのだ。

まだ宵の口なのに繁華街が賑わっているのは、亀本のようにボーナスで懐があたたまったサラリーマンが多いからだろうか？　ピンサロやおっぱいパブの呼びこみにも熱がこもっている。耳元で「おっパブどうすか？　六十分飲み放題、揉み放題。飲み放題、揉み放題」とささやかれ、思わずついていきそうになったくらいだ。

もっとも、類い稀な巨乳の女を恋人をもつ亀本には、おっパブになんて用はなかった。

亀本が繁華街にやってきたのは、オモチャ屋に行くためだった。零細オモチャメーカーの企画営業という職業柄、規模の大小を問わずオモチャ屋にはよく足を運んでいるが、今夜の目当ては子供のオモチャ屋ではない。

ボーナスも入ったことだし、久しぶりに彩乃とラブホテルに行くつもりだった。このところ、近所の森林公園でばかりセックスしている。それはそれで悪くはないが、やはりたまには広々としたベッドや風呂のある部屋で、精根尽き果てるまで愛しあいたい。

亀本は、次に彩乃とラブホテルに行くときは、大人のオモチャを持参しようと心に決めていた。いまふうに言えばラブグッズ——電気マッサージ器の威力は本当にすごいらしいし、最近はクリトリスを吸引するウーマナイザーなるものも再び流行《はや》っているという。それに、彩乃はコスプレが好きだ。とびきりいやらしいランジェリーなどを買ってやれば、きっと喜んで着てくれるだろう。

「ちょっと買いすぎたかな……」

小一時間かけて大人のオモチャを大量購入した亀本は、ほくほく顔で店から出た。散財はしてしまったが、イマジネーションを刺激する様々なラブグッズが手に入った。彩乃に試すところを想像しただけで勃起してしまい、危うく大恥をかいてしまうところだったが、店内にいた男性客はもれなく股間をもっこりとふくらませていたので大丈夫だった。

「んっ？」

ポケットの中でスマホが振動した。取りだしてみると、〈ボンノー〉の渡部からの電話だった。とはいえ、もう夜の十時過ぎである。こんな時間に電話がかかってきたことなどないのだが……。

「もしもし、亀本さん？　すいません、夜遅く」

「いえいえ……」

「申し訳ないんですが、ちょっと打ち合わせできませんか？」

「いまからですか？」

「もうご自宅ですか？」

「いえ、外ですが……」

「でしたら、ほんの三十分くらい。帰宅する前にお酒でも飲みながら……」

「……いいですけど」

「場所は……」

渡部が指定してきたのは、日比谷《ひびや》にある名門ホテルのバーだった。

亀本は了解して電話を切ったが、内心で舌打ちした。一流企業ともなれば、ちょっと三十分打ち合わせをするにもホテルのバーを利用するらしい。こちらはクライアントと行った喫茶店の領収書すら経理に突き返されているのに……。

2

(それにしても仰々しいね、いちいち……)

鍛え抜かれた動きできびきびと働いているドアマンやベルガールにおののきながら、亀本は名門ホテルに入っていった。ネットで調べたところ、メインバーは高層階にあるらしい。とにかくさっさと打ち合わせをすませて帰ろうと、エレベーターに乗りこむ。

バーの造りはもはや威圧感すら感じるほど重厚だったが、渡部の姿がなかった。こんな時間に人を呼びだしておいて待たせるとは失敬な男だと思いながら、カウンター席のいちばん端に腰をおろす。

「亀本さまでいらっしゃいますか?」

黒服のバーテンダーに名前を言われ、亀本はビクッとした。

「そっ、そうですが……」

「〈ボンノー〉さまからご伝言でございます。部屋をとったのでそちらでミーティングしたいと……」

カウンターにカードキーが置かれた。部屋番号が書かれたメモと一緒に。

「お飲み物がご入り用でしたら、お持ちいたしますが……」

「いえ」

亀本はカードキーを取って立ちあがった。

「とりあえず部屋に行ってみます。ありがとうございました」

ドクンッ、ドクンッ、と心臓が早鐘《はやがね》を打ちだすのを、どうすることもできなかった。こんな高級ホテルの部屋でミーティングをするなんて、政治家や官僚や大企業の経営者、そうでなければ反社の幹部くらいのものだろう。

なにかあったのだろうか？

たとえば突然企画が中止になったとか……。

震えあがりながらエレベーターで階上にあがり、ドアをノックした。反応はなかった。カードキーを渡してきたということは、渡部はまだ到着していないのかもしれない。自分で鍵を開けて部屋の中に入っていく。

暗かった。

カードキーをどこかに差さないと電源が入らない仕組みになっているらしく、

眼を凝《こ》らして差しこみ口を探す。

「うわっ！」

いきなり後ろから抱きつかれ、亀本は悲鳴をあげた。

「どうして連絡してくれないのよ？」

女の声がした。地の底から響いてくるような低い声だ。

「ずっと待ってたのに……処女まで奪っておいて、ポイ捨てする気じゃないでしょうね？」

亀本はあわてて壁をまさぐり、差しこみ口を探した。なんとかそれらしきものが見つかり、カードキーを入れる。

部屋が明るくなった。

振り返ると、紗季子が恨みがましい眼つきでこちらを見ていた。

「なっ、なにやってるんですか？　渡部さんは……」

「いないし、来ない」

「なんで？」

「あなたを下のバーに呼びだして、って指示しただけだもの。部屋をとったのは、わ・た・し」

「だからどうしてそんなこと……」

「まあ、座りましょうよ」

紗季子にうながされ、亀本はおずおずと部屋の中へと入っていった。フカフカのソファに腰をおろした。ベッドは見えない。おそらく、衝立《ついたて》の向こうに鎮座しているのだろう。

ローテーブルには赤ワインのボトルとグラスが置かれていた。ボトルはすっかり空だった。

「けっ、けっこう飲んでるんですか?」

「飲まずにいられないでしょ、婚約者に放置されて」

紗季子は亀本の正面に腰をおろすと、長い脚をさっと組んだ。

「こっ、婚約者って……まさか……」

亀本は自分を指差した。

「他に誰がいるのよ?」

「してないでしょ、婚約なんて」

「処女を捧げました」

「捧げたって……十代の乙女じゃないんだから……」

紗季子の眼がみるみる吊りあがっていったので、亀本は青ざめた。

「いやいや、あの……なんていうか、その……僕はすっかり嫌われたと思ってたんですよ」

「どうして？」

「かっ、顔に射精したりして……」

亀本は背中を丸め、声をひそめて言った。

「気にしてないわよ、そんなこと」

紗季子は堂々と胸を張ったままだ。

「いやいやいや、気にしたほうがいいんじゃないかなあ。だいたい、山根部長なら、僕なんかよりずっとお似合いの男がいますって。地位や名誉やお金をたくさんもってる男が……」

「だから、そんな男は嫌いなの」

「なんで？」

「家の中でまで男と競いあいたくないって言ったでしょ。たとえばよ、わたしより収入の多い男が相手だったら、わたしは頑張って彼を追い抜かそうとするわ。そんなことは外でやってればいいの」

「じゃあ、イケメン」

「大っ嫌い！」

「なんでですか？」

「顔がいい人間は、たいていナルシストなの。わたし、自分がそうだからよくわかるもん。誰よりも自分が大好き。そんな男と結婚して、幸せになれるとは思えない」

「僕と結婚しても、幸せになんてなれないんじゃないかなあ……」

「なれる」

「なにを根拠に？」

「あなたはこの前、わたしの顔に射精しました。それ自体はひどいことだと思うけど、ねちょねちょした白い汁をすっかり出したあと、ティッシュでわたしの顔を拭いてくれた。そのあと濡れタオルまで持ってきてくれて……顔に似合わず、やさしいんだなって……」

「ぐぬぬっ……」

　亀本は言葉に詰まった。たしかに、紗季子が言った通りのことをした。男という生き物は、射精をしたら急にやさしくなったりするものなのだ。本質的にやさしいわけでない。

だが、そんな反論は通用しないだろう。顔を拭いてやったりせず、さっさと帰るべきだったのだ。彼女に嫌われたいならそれ以外の選択肢がなかったはずなのに、モテない人生をひたすら歩んできた亀本は、女にとことん冷たくすることができなかったのである。

「ねえ、亀本さん……」

紗季子が立ちあがり、隣に移動してくる。

「本当はね、顔に射精されようがなにをされようが、わたし怒らない。セックス以外じゃあなたがわたしに勝てるところなんかひとつもないんだから、セックスのときだけは好きにしていいって思ってる」

紗季子が身を寄せてきたので亀本は後退《あとずさ》ろうとしたが、ソファの肘掛けに背中があたって無理だった。

「だから結婚して」

手を握られ、まっすぐな眼で見つめられた。

「籍を入れるだけでいい。もちろん、結婚式とか新婚旅行とかしたかったらしてもいいわよ。お金はわたしが全部出す」

「そう言われても……」

亀本は圧倒されていた。言葉のやりとりで、紗季子を押しきることなどできそうもなかった。外資系企業で出世街道をひた走っている彼女は、交渉術もずば抜けているに違いない。タフ・ネゴシエーターというやつだ。そんな女と言い争いをして、勝てるわけがない。

ならば……。

彼女の唯一にして最大の弱点を突くしかないだろう。

「本当に……」

亀本は眼力をこめて紗季子を見つめ返した。

「セックスは僕の好きにしていいんですね？」

紗季子は大きく息を呑んでからうなずいた。

「好きにしていい……嘘じゃない……」

「わかりました。山根部長が本当に僕のセックスに耐えられるなら、結婚を真剣に考えさせていただきます」

彩乃という存在がある以上、考えるわけにはいかなかったが、ここは勝負である。思えば、相手が処女だということで、前回は手心を加えすぎたのだ。顔面にかけた精子を拭いてやったのもそうだし、騎乗位での貫通儀式も勘弁してやった。すべてにおいて甘すぎた。

(今度こそ嫌われてやるからな……)

幸いというべきか、亀本は大人のオモチャ屋帰りだった。

いやらしすぎるコスチュームや刺激的なグッズを、手提《てさ》げつきの大きな紙袋いっぱいに買い求めた。彩乃のために買ったものだが、彼女と結婚するためなのだから、紗季子に流用しても許されるだろう。

3

「まずはこれに着替えてもらいましょうか」

大人のオモチャ屋の紙袋から、亀本はあるものを取りだした。

「なっ、なに……」

眉をひそめて紗季子が受けとったのは、ボディストッキングだった。極薄の黒いナイロンで、全身をすっぽり包みこむものである。

「素っ裸になって、それだけを着けてください。あとこれ……」

スイミング用のキャップを渡した。彩乃の長い髪を守るために買ったものだが、紗季子の髪もまた長かった。それに、紗季子の場合は羞恥《しゅうち》プレイの小道具にもなりそうである。

「さあ、向こうに行って着替えてください。こっちにも準備があるんで」

紗季子を衝立の向こうに押しやると、亀本は紙袋から銀色のシートを出した。レジャーシートだが、薄っぺらいものではなくクッションが入って五センチほどの厚みがある。

それを姿見の前の床に敷くと、亀本は服を脱いでブリーフ一枚になり、ローションのボトルを持ってバスルームに向かった。

ソープランドでお馴染みの海藻ローションである。プラスチックの桶に入れ、お湯で薄めて掻き混ぜると、チャポチャポと粘っこい音がたつ。亀本などはその音を聞いただけで、めくるめくローションプレイを思いだし、勃起しそうになってしまう。

スイミングキャップを買ったのは、ローションプレイで彩乃の髪を汚さないためだった。洗えば落ちるだろうが、セックスのあとにそれをさせるのは可哀相だと思った。長い髪を洗うのは大変だろうと……。

「ちょっとおっ！」

衝立の向こうで紗季子が声をあげた。

「本当にこんな格好が見たいの？　馬鹿みたいじゃない……」

「着替えたなら早くこっちに来てくださいよ」

「ううっ……」

紗季子がいまにも泣きだしそうな顔で、衝立の陰から姿を現す。胸と股間を手で隠している。ボディストッキングは極薄の黒いナイロンだから、乳首や草むらが透けているはずだ。

（エッ、エロすぎるだろ……）

亀本は眼を血走らして紗季子を凝視してしまった。

とにかく顔立ちが美しいので、過剰な装飾がついていないシンプルなボディストッキングが、とても映える。色による引き締め効果もあるのだろう、元より均整のとれたスタイルが、もはや彫刻のようにも見える。

スイミングキャップも想像以上にエロティックだった。黒いボディストッキングに恥部を透かしている女が被っていると馬鹿みたいというか滑稽なのだが、美人が滑稽な格好をするとエロスしか放射しない。

「はいはい、こっちに来てください」

亀本は紗季子の後ろにまわって双肩《そうけん》をつかみ、銀色のシートの上にうながした。正面は鏡である。

「両手をさげて気をつけをしてください」

「いっ、いやよ……」

「そうですよね？　こんな格好をさせる変態男と結婚するなんて嫌ですよね？」

「ううう……」

紗季子は悔しげに唇を噛みしめながら、のろのろと両手をさげていった。極薄の黒いナイロンに、ルビーのように赤い乳首が透けていた。優美な小判形に茂った草むらも……。

「こっ、こんなことさせて、なにが楽しいのよっ！」

紗季子が顔を真っ赤にして睨んでくる。

「楽しいですねえ。いつも自分を見下しているエリート様に、赤っ恥をかかせてるんですから」

「べつに見下してなんか……」

「まあまあ……」

亀本は卑猥《ひわい》な笑みをもらしつつ、銀色のシートの上にお湯で割ったローションを流した。さらにその上に、紗季子の体をあお向けに横たえる。

「なっ、なにをするの？」

さすがの紗季子も、緊張に顔をひきつらせている。

「気持ちのいいことですよ……」

ささやきながら、今度は紗季子の体にローションを垂らした。ツツーッ、ツツーッ、と糸を引かせ、まずは乳房のてっぺんから……。

「あっ……んんっ……」

生温かいローションの感触に、紗季子が身をよじる。

「安心してください。海藻成分ですから、口に入っても大丈夫です」

「ううっ……」

ツツーッ、ツツーッ、と体にローションを垂らされるほどに、紗季子はもじもじと体を動かした。まだ感じているという雰囲気ではないが、ねっとりしたローションの感触はいやらしいことしか想像させない。これからなにをどうされるのか、紗季子の頭の中はスケベなことでパンパンになっているはずだ。

「すっかり透けちゃいましたねえ」

ローションのかかった乳首と草むらを交互に眺めながら、亀本はニヤリと笑った。黒いボディストッキングだけでも充分にエロティックなのに、そこに光沢のあるローションのかかった光景は破壊力抜群だった。

「もう勝手にすればいいっ！」

紗季子がプイッと顔をそむける。

「でも、わたしは絶対あなたと結婚するから。心変わりはありませんからね」

「嬉しいですね」

亀本は両手を伸ばしていった。

「山根部長みたいな超絶美人にそんなこと言われる日が来るなんて、夢にも思ってませんでしたよ……」

「んんっ！」

太腿に軽く触れただけで、紗季子は眉根を寄せて身をよじった。いやらしくなっていくばかりの光景に頬をゆるめながら、亀本は紗季子の全身をねちっこく撫でまわした。

太腿からふくらはぎ、腰から脇腹、肩から二の腕……肝心なところには触ってやらない。ローションを含んだナイロンの感触を手のひらで堪能しつつ、じっくり時間をかけて撫でまわす。

胸のふくらみの裾野を指でくすぐってやると、触ってもいない乳首がポッチリと尖《とが》ってきた。極薄のナイロンが密着しているから、尖りきれない様子がいやらしすぎる。

「ううっ……ううっ……」

十分も続けていると、紗季子が睨んでくるようになった。恥ずかしいプレイに憤っているわけではなく、もっと刺激が欲しいのだろう。しきりに太腿をこすり合わせているのが、なによりの証拠だ。

この手のセクシーコスチュームのお約束なのか、彼女が着けているボディストッキングは、股間に切れ目が入っていた。その部分だけは直接いじったり、結合できるように……。

亀本は紗季子の股間に、ツツーッとローションを垂らしてやった。まだ触ってやるつもりはない。ローションをかけられても、彼女はもどかしいばかりに違いない。

四十二歳まで熱心な風俗ユーザーだった亀本は、焦《じ》らしプレイをよく知っていた。一時期、性感マッサージに嵌《は》まっていたことがあるからだ。

(寸止め生殺し地獄ってやつだな……)

されるのも興奮したが、それで追いこむのもまた興奮する。相手が紗季子のような高嶺の花ならなおのことだ。

さらに十分ほどしつこく全身を撫でまわしていると、紗季子の顔に汗が浮かんできた。スイミングキャップを被っているので、顔面の変化がよくわかる。

そろそろ頃合いと判断した亀本は、ローションまみれのナイロンの向こうで、苦しげに尖っている乳首を指で突《つっ》いた。

「あううーっ！」

つん、と軽く突いただけなのに、紗季子はひどく大きな声を出した。自分でもびっくりしたらしく、端整な美貌を恥ずかしげに歪める。だがその顔も、淫らな汗が浮かんでいるうえに生々しいピンク色に染まりきり、大きなあえぎ声をあげるよりいやらしくなっている。

つん、つん、と亀本は左右の乳首を交互に突いた。紗季子は歯を食いしばって声をこらえていたが、身をよじることまでは抑えきれない。ハアハアと息もはずませている。

亀本は乳首を撫で転がしはじめた。爪を使ってくすぐるような愛撫もしてやる。軽く突くより刺激的なはずなのに、紗季子の顔はもどかしげに歪んでいくばかりだった。

「どうしてほしいですか？」

亀本が卑猥な笑みを浮かべて訊ねると、

「知らないっ！」

再びプイッと顔をそむけた。不思議なもので、そういうリアクションが可愛らしく見えてきた。もちろんそれは、彼女が欲情しきっているからだ。もっといやらしいことをしてほしくて、たまらなくなっているからだ。

亀本は紗季子の胸のあたりのナイロンをつまみあげると、力まかせに引き裂いた。ビリビリーッ！　とサディスティックな音がたち、

「いやあああーっ！」

紗季子が悲鳴をあげる。

亀本は剝きだしになったふたつの胸のふくらみにツツーッとローションを垂らすと、両手でまさぐりはじめた。もう焦らしの時間は終わりだった。ローションの光沢が美乳の丸みを際立たせ、放置しておくことなんてできなかった。

ふたつのふくらみを揉みくちゃにして、乳首もつまんでやる。ローションですべるから、うまくつまめない。しかし、指と指の間から尖った乳首がつるんと抜

けるとき、紗季子はひどく感じるようだった。

「ああっ、いやあああっ……あああああっ、いやあああああーっ！」

眉根を寄せてぎゅっと眼をつぶり、快楽の海に溺れていく。ヌルヌルしたローションの刺激を、彼女はおそらく、生まれて初めて味わうはずだった。エステサロンのオイルマッサージとはわけが違う。ソープランド御用達《ごようたし》の海藻ローションであればこそ、三十四歳まで処女だった紗季子も乱れていく。

「いっ、いやっ……ねえ、いやよっ……」

すがるような眼で見つめてきた。

「なにが嫌なんです？」

「うっ……くぅううっ……」

紗季子が唇を嚙みしめる。感じすぎてどうにかなりそうなのだろうが、プライドの高い彼女はそれを素直に口にできない。

「脚を開いてくださいよ」

亀本はやさしげにささやいた。

「そのボディストッキング、股間の部分が裂けてたでしょう？　脚を開いてオマンコ丸出しにすれば、触ってあげてもいいですよ」

「ううっ……くぅうううううーっ！」

紗季子は脚を開かなかった。逆に太腿をこすりあわせた。意地でも開くものかと彼女の紅潮した美貌に書いてあった。

だが、意地を張っていられるのも長い時間ではないだろう。亀本はローションまみれの双乳《そうにゆう》を揉みくちゃにしている。尖った乳首もつまんでいる。ビリッ、ビリッ、と極薄のナイロンを破っては、腹部や脇腹も撫でまわす。さらに、二の腕や腋窩《えきか》、肩や首筋まで、上半身を執拗に愛撫してやる。

だがもちろん、疼《うず》いているのは下半身だ。熱く疼いているにもかかわらず放置され、ただローションでヌルヌルになっているだけの女の花だ。

「あああああーっ！　はぁあああああーっ！　くぅううううーっ！」

紗季子はもはや、上半身の愛撫だけでイッてしまいそうな勢いだった。こらえることもできないほどあとからあとからあえぎ声があふれているし、ぎゅっと眼をつぶると眼尻に涙が光った。疑いようもなく、喜悦《きえつ》の涙である。

亀本はローションまみれの女体から手を放した。

「眼を開けてください」

紗季子が恐るおそるという感じで薄眼を開く。美しすぎる黒い瞳がうるうるに潤んでいる。

「オマンコ、触ってほしくないですか？」

紗季子は悔しげに唇を嚙みしめるばかりで、言葉を返してこない。

「脚を開けば、触ってあげるって言ってるんですよ。この期《ご》に及んで意地を張ったってしようがないじゃないですか……」

「あっ、あなたが開いてよ……」

羞《は》じらいに上ずりきった声を、紗季子は絞りだした。

「あなたがリードしてるんでしょ。あなたが……」

「ダメですよ。自分で脚を開いてオマンコ丸出しにしないと触ってあげません。山根部長、この前クンニでイッたじゃないですか？　処女を捨てたばかりだからまだ中イキは難しいでしょうけど、手マンでならイケますよ、きっと……」

「でっ、できないっ……自分で脚なんて開けないっ！」

紗季子は涙を流しながら、激しく首を横に振りたてた。

亀本は嬉しくなってきた。高嶺の花とは、これほどまでに気高いのかと感動せずにはいられなかった。

4

亀本は立ちあがって大人のオモチャが入った紙袋からあるものを取りだすと、ブリーフを脱ぎ捨てた。勃起しきった男根の先端が、涎《よだれ》じみた我慢汁を垂らしながら名門ホテルの天井を睨みつける。

紗季子の表情の変化が見ものだった。男根がブリーフから解放されて反り返った瞬間、ハッと眼を丸くし、だがすぐに横を向いた。耳まで真っ赤になっているのが可愛らしくてたまらない。

「顔をそむけることないでしょ。山根部長の処女を奪ったチンポですよ。少しは愛着をもってくれてもいいと思うけどなあ……」

亀本がこのタイミングでブリーフを脱いだのは、そそり勃った男のシンボルを見せつけたかったからだけではない。紗季子の上半身を起こし、バックハグの体勢になった。となると、イチモツは彼女のヒップにあたる。いやがうえにも意識せざるを得ない。

「ううっ……」

紗季子はしきりに眼を泳がせた。バックハグだけが原因ではなかった。上半身を起こした正面には、大きな姿見があるのだ。いまはまだ、体育座りの体勢で膝を抱え、体の前面を隠しているが、そのままですむわけがないことはわかりきったことだった。

「さあて、ご開帳の時間だ」

亀本はまず、膝を抱えている両手を剝がした。さらに後ろから両膝をつかんで開いていく。

「やっ、やめてっ……」

紗季子は声を震わせ、脚を開かせないように力をこめた。

「僕が開くならいいんでしょう？」

「かっ、鏡の前ですることないじゃないのっ！」

顔を真っ赤にして声を荒げる紗季子は、もう泣きそうだ。

「さっきの話は嘘だったんですか？」

亀本は意味ありげに声をひそめた。

「セックスのときだけは僕の好きにしていいって言ってましたけど……」

「でっ、でもっ……でもっ……」

「僕だって女の人が嫌がることを無理強いしたくはないですからね。やめてもいいんですよ。そのかわり結婚もしませんが」

勝ち誇った顔で言い放つと、紗季子は眼尻を限界まで垂らした。ご開帳か結婚か、その二択なら答えはわかりきっている。

「みっ、見ないでっ……」

最後の抵抗とばかりに声を震わせると、両脚にこめていた力をゆるめた。バックハグをしている亀本が、左右の膝を離していく。

上半身のボディストッキングはほとんど破ってしまったが、腰から下は極薄の黒いナイロンに包まれたままだった。美しい脚はそれにぴったりと包まれていても、股間には切れ目が入っている。だが、たっぷりとローションが染みこんだ極薄のナイロンをまとった両脚は人工美のように輝いているのに、その付け根にある女の部分だけは生身なのだ。

「あああっ……」

両脚をM字に開ききると、紗季子は悲しげな声をもらして鏡から顔をそむけた。アーモンドピンクの花びらが、ローションを浴びてひときわいやらしく濡れ光っていた。いや、ローションだけではない。おそらく発情の蜜も漏らしている。焦らされてあれほどあえいでいたのだから、漏らしていないはずがない。

「それじゃあこれから、山根部長に罰を与えます」

「えっ？　ええっ？」

紗季子はわけがわからないという顔で、鏡越しに視線を向けてきた。

「自分で脚を開かなかった罰ですよ。そういうわがままな女は、やさしく指で愛撫なんてしてあげません。これを使います」

亀本は電マを右手につかんだ。先ほどケースから出し、電源コードも延長コードを付けて繋いでおいた。彩乃とエキサイティングなひとときを過ごすため、電マは大中小と買い求めた。いまつかんでいるのはいちばん大きなものだ。いかにも肩凝りマッサージのために開発されましたという無骨なデザイン――他のものは可愛らしかったり、スタイリッシュなのに、大きなタイプはエロいとは言えない。

だが、大きなものほど効果があると、ネットの記事には書いてあった。子宮ごと揺らすような衝撃的な快楽が味わえるらしい。

スイッチを入れると、紗季子の顔がひきつりきった。

「やっ、やめてっ……そんなのいやよっ……」

「わがままばっかり言わないでくださいよ。こんなもの、元々マッサージ器なん

てやる。

だから、たいしたことないですって」

ブーン、ブーン、と重苦しい振動音をたてて震えているヘッドで、内腿を撫で

「んんんっ！」

「どうです？　気持ちいいでしょう？」

焦るな焦るな、と亀本は自分に言い聞かせながら、紗季子の太腿とふくらはぎをマッサージしてやった。性感帯ではない部分である。にもかかわらず、紗季子の顔は苦悶に歪みきっていく。

想像せずにはいられないからだろう。この振動が核心をとらえたとき、いったいどうなってしまうのか、イマジネーションを働かせているに違いない。

「やっ、やめてくださいっ……お願いしますっ……」

紗季子の声はもう、すべてを受け入れたように弱々しかった。祈るような表情で眼を閉じたので、亀本はその隙をついて電マのヘッドを乳首にあてた。

「はっ、はぁうううううーっ！」

紗季子が叫び声をあげて眼を見開く。乳首に電マのヘッドをあてたのは、一瞬のことだった。時計で計ればコンマ何秒だろう。それでも紗季子の体はガクガク

と震えていた。とっくに電マのヘッドを離しているのに……。

亀本は左右の乳首に代わるがわる振動する電マのヘッドをあてた。もちろん、一度にコンマ何秒だったが、紗季子は悲鳴にも似た声をあげ、ビクンッビクンッと体を跳ねさせた。バックハグをしていなかったら、上体を起こしていられなかっただろう。

（さーて、いよいよ……）

核心を刺激する時が来たようだった。極薄の黒いナイロンから恥ずかしげに顔をのぞかせているアーモンドピンクの花びら——強く押しつけすぎないように注意しつつ、触るか触らないかぎりぎりの感じで触れてやる。

「ひっ、ひぃいいいーっ！」

紗季子の腰がビクンッと跳ねる。もう一度、触れる。今度は軽く押しつけて、一、二、三……とゆっくり数える。

「ひぃいいーっ！　ひぃいいいいーっ！」

紗季子の取り乱し方は尋常ではなかった。電マのヘッドを股間から離すと、振り返ってこちらを見た。呆然とした眼つきで、小刻みに首を横に振る。無理無理無理、という心の声が聞こえてくるようだった。

「すぐイッちゃいそうですか？」

亀本は卑猥な笑みを浮かべながら、もう一度股間に電マをあてがおうとした。

紗季子が脚を閉じて抵抗したので、あらためてM字開脚に割りひろげる。左手で左脚を、右の肘で右脚を押さえながら、振動するヘッドをアーモンドピンクの花びらにあてがっていく。

「いっ、いやあああああーっ！」

紗季子は叫んだ。

「ダメダメダメダメッ……イッ、イッちゃうっ……こんなのすぐイッちゃうからあああああーっ！」

言い終わる前に、亀本はヘッドを股間から離した。電マの威力は聞きしに勝るものだったが、これは寸止め生殺しプレイなのだ。そう簡単にイカせるわけにはいかない。

いったん電マのスイッチを切って、右手で桶のローションをすくった。たっぷりとったヌルヌルの粘液ごと、アーモンドピンクの花びらに触れる。いやらしいほど粘りつかせて、割れ目を下から上になぞりたてる。

「あああっ……はぁあああっ……」

電マの威力には負けるだろうが、ローションの刺激もなかなかのものだろう。紗季子はすぐにハアハアと息をはずませ、せつなげに眉根を寄せた。紗季子は眼を閉じていたが、亀本は彼女の顔を鏡越しにむさぼり眺めた。感じているときの顔が、処女のときより色っぽくなった。

「あううう━っ！」

中指でクリトリスを転がしてやると、紗季子はしたたかにのけぞった。ローションを使っているから、普通の手マンとは感覚が違う。いやらしすぎるヌメリを利用して中指を素早く横に動かすと、

「あうううう━っ！　あうううう━っ！」

紗季子はあえぎ声がとまらなくなり、激しく身をよじらせはじめた。これがいちばん感じるのかと手応えを感じた亀本は、中指の高速横移動で紗季子を追いこんでいく。

「ダッ、ダメッ……ダメダメダメえええ━っ！」

ぎゅうっと顔を歪めて切羽つまった声をあげた。

「イッちゃうっ、イッちゃう、イッちゃうっ……はぁああっ、イッちゃうううう━っ！」

もちろん、オルガスムスに達する前に亀本は指を離した。

「あああっ……あああっ……」

紗季子はハアハアと息をはずませながらもどかしげに身をよじり、鏡越しに恨みがましい眼を向けてきた。

5

亀本は電マと指の愛撫を交互に繰り返した。もちろん、イカせなかった。紗季子も途中でこちらの思惑に気づいたようだったが、オルガスムスが欲しくて欲しくて身をよじるばかりの彼女に為《な》す術《すべ》はなかった。

「意地悪しないでっ！」

涙眼でキレても無駄な抵抗だ。

「べつにしてませんよ、意地悪なんて」

「してるでしょっ！　どうしてっ……どうして最後までっ……」

「はっ？　最後ってなんですか？」

紗季子はギリリと歯嚙みしてから、

「……イッ、イカせてって言ってるの」

震える小声で言った。

「そんなにイキたいんですか？」

コクン、とうなずく。

「電マと手マン、どっちで？」

「そっ、それは……」

紗季子が言いよどんだので、亀本は振り返らせてキスをした。いやらしいほど唾液まみれになった舌を吸いしゃぶり、後ろから双乳をすくいあげて揉みしだくと、紗季子は両脚をバタバタさせた。気持ちがいいのか、それとも刺激が欲しいのはそこじゃないと言いたいのか……。

「電マと手マン、どっちがいいか言わないと、どっちもなしですよ」

「あううっ！」

乳首をつまみあげると、紗季子はキスを続けていられなくなった。ローションまみれの乳首は、指の間からつるんと抜ける。その刺激が、彼女にはことのほか響くようだ。

「こっ、これがいいっ……」

紗季子は恥ずかしげに顔を紅潮させて、ポツリと言った。後ろに手をまわして、勃起しきった男根をつかみながら……。

意外な展開だった。彼女はまだ、セックスの経験が一度しかない。処女喪失のときは痛かったに違いないので、挿入を求めてくるとは思わなかった。クリトリスの感度はそれなりに発達しているようだし、実際、前回もマングり返しのクンニでイカせた。てっきり、クリでイクことを求めてくると思っていた。それも、手っ取り早くイケそうな電マのほうで……。

「これを入れてっ……お願いっ……」

「まだ痛いんじゃないですか？」

亀本は苦笑した。

「それに、入れたらイケなくなるかもしれませんよ」

「いいの」

紗季子が蕩《とろ》けきった表情で見つめてきたので、亀本はドキッとした。

「イケなくてもあなたを感じていたいの」

「ふふっ、どうしたんですか？　急に可愛いこと言いだして……」

「急にじゃないでしょ。わたし、あなたと結婚したいって言ってるのよ」

「ほーお」

亀本は双乳を揉みしだきながら紗季子の耳に唇を寄せていった。耳に吐息《といき》を吹きかけると、紗季子はビクッとした。

「いまから僕が言う通りのことを言えたら、入れてあげますよ。いいですか……」

とびきり卑猥な台詞を耳底に流しこんでやると、紗季子の顔は限界まで歪んだ。そのまま大号泣しはじめるのではないかと、亀本は身構えてしまった。

「いっ、言えないっ……言えるわけないでしょ、そんなことっ！」

「じゃあ、もう少し寸止め生殺し地獄でのたうちまわりますか？」

「いやっ！　そういうのはもういやなのっ！」

亀本が電マをつかむと、
紗季子は急に体を離し、こちらを向いて四つん這いになった。

「なっ、舐めてあげるっ……ね？　この前みたいに舐めてあげるから、入れてちょうだいっ……」

「ダメですね。僕の言うことが聞けないなら、寸止め生殺し地獄です」

言いつつも、亀本はいったん電マを置いた。四つん這いになった紗季子がいやらしすぎたからだ。スイミングキャップを被った顔で悲痛な哀願をするのも見ものだったが、こちらを向いたということは、鏡に向かって尻を突きだしているのである。

極薄の黒いナイロンの切れ目から、アーモンドピンクの花びらがはみ出していた。電マと手マンでじっくり可愛がってやった成果なのか、心なしかぷっくりと肥厚《ひこう》しているように見える。一刻も早く男根を咥えこんで花を開かせたいと、身《み》悶《もだ》えているようにも……。

「ちょっと逆向きになってもらえますか？」

四つん這いのまま顔を鏡に向けるよう、紗季子をうながす。こちらに向かって突きだされたヒップを見て、亀本はごくりと生唾を呑みこんだ。ローション効果もあって、アーモンドピンクの花びらがいやらしいほど濡れ光っていた。鏡に眼を移せば、恥部を視姦されて身悶えている女の顔が映っている。スイミングキャップを被っているから、髪で表情を隠すこともできない。おまけに腰から下には、黒いボディストッキングが残ったまま……。

あまりにエロティックな光景に、亀本は身震いがとまらなくなった。アーモンドピンクの花びらのいやらしさは鏡越しに見た以上だし、ある意味性器より恥ずかしいセピア色の小さなすぼまりまで見えている。

彼女ほど四つん這いが似合う女はいないのではないか、と亀本は思った。似合うというか、四つん這いにさせるだけで男の本能をビンビン刺激してくる。紗季子は超絶美人だし、大人の女だし、社会的な地位もある。そんな女に裸で犬のような格好をさせるなんて、男冥利《おとこみょうり》に尽きるというものだ。

「入れてほしいんですか？」

亀本は膝立ちになり、鬼の形相《ぎょうそう》で天井を睨みつけている男根を握りしめた。

紗季子がコクリとうなずく。

「じゃあ、さっきの台詞を言ってください」

首を横に振る。

「言ってください」

首を横に振りつづける。

「わかりました……」

亀本は男根を電マに持ち替えた。スイッチを入れ、四つん這いになっている両脚の間に差しこんでいく。振動するヘッドを、股間にあてがう。

「くぅうーっ！」

鏡に映った美貌が歪む。もはや何回もあてがっているので、紗季子は電マの刺激に慣れてきたようだった。電マの快感に開眼したと言ってもいい。美貌の歪み方がいやらしすぎて眼を離せない。

「ああっ……あああっ……」

振動するヘッドを股間に押しつけっぱなしにしていると、四つん這いの身をよじってよがりはじめた。ヘッドを離すと、もどかしげな顔で鏡越しに睨みつけてくる。

亀本は電マを左手に持ち替えると、断続的に股間に振動を与えつつ、右手の中指で花びらを刺激しはじめた。先ほどまではクリトリスを集中的に攻めていたが、新たな刺激を与えてやる。くにゃくにゃした花びらを左右に開くと、つやつやした薄桃色の粘膜の中に中指をずぶっと沈めこんだ。

「あっ、あうううーっ！」

紗季子は鋭い悲鳴を放った。彼女に指を入れたのは初めてだった。中で指を動かしてやると、未知の衝撃に身をよじりだす。痛がる様子はない。感じているようにしか見えない。もっとも、電マでクリトリスも断続的に刺激しているのだが……。

「ああっ、いやっ……あああっ、いやあああっ……」

電マを押しつけつつ指を抜き差ししてやると、紗季子はみるみるボルテージをあげていった。腰をくねらせ、尻を振りたて、肉の悦びをむさぼりはじめる。

「山根部長クラスの美人になると、お尻の穴まで綺麗なんですねえ」

そんな屈辱的な言葉を投げかけても、羞じらうことすらできずによがりによがる。つい先日、処女を失ったばかりとは思えない……。

「あああっ、いいっ！　気持ちいいっ！　もうイキそうっ……イッ、イッちゃいそううううっ……」

鏡越しにこちらを見つめてくる。このままイカせてほしいと、彼女の顔にはっきりと書いてある。

「あああっ……イッ……イッ……」

亀本は電マのヘッドを離し、肉穴からも指を抜いた。

「あああああーっ！」

鏡に映った紗季子の顔が泣きそうに歪む。

「なっ、なんでっ！　なんでそんなに意地悪するのっ！」

「いやらしすぎますよ、山根部長。あんまりいやらしいから、我慢できなくなっちゃったなあ……」

亀本は男根を握りしめてしごきはじめた。

「もう面倒くさいから、自分で抜いちゃおう。ドバッと出してすっきりしよう」

「やっ、やめてっ……」

鏡越しに哀願しながら、紗季子は身をよじっている。欲情が高まりすぎて、もはやじっとしていることもできない様子だ。

「やめたっていいですよ。どうすればいいか、もう知ってるでしょ？」

「ううっ……あああーっ！」

紗季子はついに堕ちた。肉の悦びのためにプライドを捨てる決意をした。

「オッ……オッ……オッ……」

震える声がどんどん小さくなっていく。

「オッ、オマンコ……」

「紗季子のオマンコでしょ」

「さっ、紗季子のっ……オッ、オマンコにっ……オチンチンッ……オッ、オチンチン入れて……」

淫らなおねだりの台詞には、まだ続きがあった。

「かっ、亀本さん専用のっ……オッ、オマンコですからっ……かっ、亀本さんのオチンチンしか知らないっ……専用の肉便器ですからっ……つっ、使ってください……紗季子のいやらしいっ……オッ、オマンコ、オマンコ……オマンコ、使ってくださいいいいっ……」

紗季子の声は可哀相なくらい震えていたが、亀本もまた、満足感に震えがとまらなくなっていた。

相手はあの紗季子である。普段はタイトスーツにハイヒールで、一流企業の社内を闊歩《かっぽ》しているバリキャリ女が、こんなにもみじめな姿をさらしている。プライドをかなぐり捨ててまで、挿入を求めている。

大勝利だった。

とはいえ、紗季子の欲しがっているものを、そのまま与えてやることはできなかった。亀本の目的は、彼女に嫌われることなのだ。最低でも、「こんな男とは結婚したくない」と幻滅されなくてはならない。

亀本はなにも、腰を振りあう作業を盛りあげるために彼女を焦らしていたわけではなかった。寸止め生殺し地獄はまだ続いているのだ。高慢ちきな女に卑語《ひご》を口にさせ、赤っ恥をかかせておきながら、欲しいものは与えない。そうでなくては地獄とは言えない。

アハハ、そんなにイキたいならオナニーすればいいですよ……。

そう言い放って自分も自慰で射精するというのが、亀本の考えているシナリオだった。熱いザーメンを噴射するのは、もちろん紗季子の顔面だ。今度は事後に拭ってやるようなヘマはしない。出すものを出したら、さっさと服を着てこの部屋から出ていく。

だが……。

「ああっ、オマンコッ……紗季子のオマンコに、亀本さんのオチンチン入れてっ……亀本さん専用のオマンコにっ……オマンコにぃっ……」

四つん這いの身をよじり、涙ながらのおねだりを続ける紗季子に、ほだされてしまった。彼女と結婚することはできないけれど、そんなにセックスがしたいなら、してやってもいいのではないかと……。

モテない男の悪い癖だった。ちょっと前まで素人童貞で、ピンサロに行っても自分で抜くようなことをしていたのである。それを思えば、いまの状況は天地がひっくり返ったようなものだ。紗季子ほどの美女に、ここまで熱烈に挿入を求められるなんて……。

6

「そんなにオマンコしたいですか？」

亀本は紗季子の下半身から黒いボディストッキングを脱がした。スイミングキャップ以外は全裸にして、四つん這いのヒップにツツーッとローションを垂らす。尻の桃割れにローションが垂れていくと、

「ああっ、したいっ！　オマンコしたいっ！」

紗季子はもどかしげに身をよじりながら言った。

「わかりましたよ……」

亀本は勃起しきった男根を握りしめ、紗季子のヒップに腰を寄せていった。切っ先で桃割れをなぞると、異様なまでにヌルヌルしていた。いやらしすぎる感触に気が遠くなりそうになったが、亀本はまたしても紗季子に気を遣ってしまったのだった。

口では挿入を求めていても、彼女にとっては二回目のセックスである。ローションをたっぷりかけて、すべりをよくしておいたほうがいいだろうと。

（俺のチンポしか知らないオマンコだもんな……）

亀本は狙いを定め、息をとめた。鏡越しに紗季子と眼があった。ひどく怯えた顔をしていた。しかし、怯えながらも、期待に胸をふくらませている。彼女が結合を求めてきたのは、結婚したいからという打算だけでなく、女の本能にも関わっている気がする。

「いきますよ……」

ひと声かけてから、腰を前に送りだした。花びらの表面はローションまみれだから、ヌルッ、という感じで亀頭が埋まる。だが、奥を濡らしているのは発情の蜜である。ローション並みに濡れていたので驚いた。絶頂を焦らし抜かれた肉穴は、いやらしい粘液をしとどに漏らし、男根で貫かれることをいまや遅しと待ちわびていたのだ。

「んんんんーっ！」

根元まで埋めこむと、紗季子の美貌がぐにゃりと歪んだ。

「痛いですか？」

紗季子は激しく首を横に振った。意地を張っているだけかもしれないが、亀本はとりあえず、彼女の双肩をつかんで上体を起こさせた。まだ腰を動かしていない。結合したら、腰を動かす前にひと愛撫というセックスマナーが、すっかり身についていた。

「こっち向いて」

紗季子を振り向かせ、唇を重ねる。唾液が糸を引く濃厚さで舌をからめあいながら、両手でふたつの胸のふくらみをまさぐる。ローションでヌルヌルになっているから、触り心地がたまらない。

「ぅんんっ！　ぅんんっ！」

紗季子は舌をしゃぶられながら、鼻奥で悶えている。きりきりと眉根が寄っていく。感じているらしい。そうなると、もっと感じさせてやりたくなるのが男という生き物だ。

左手で乳首をつまみつつ、右手を結合部に伸ばしていく。割れ目の上端を中指で探れば、ツンと尖った肉芽が見つかる。

「あううっ！」

敏感な性感帯を撫で転がされ、紗季子はビクッと腰を跳ねさせた。ねちねち、ねちねち、さらに刺激してやると、ビクッ、ビクッ、とまた腰が跳ねる。そうなると、必然的に結合中の性器と性器がこすれあう。

（こりゃいいぞ……）

亀本は内心でほくそ笑んだ。動かずとも快楽が得られる、新たなやり方を発見してしまった。ついこの前まで処女だったとはいえ、乳首とクリトリスを同時に刺激されれば感じてしまうらしい。そしてビクッと腰を跳ねさせれば、勃起しきった男根で貫かれていることを意識せずにはいられない。

「あああっ！　はぁあああああーっ！」

紗季子はキスを続けていられなくなり、前を向いた。もちろん、前は鏡だから眉根を寄せたよがり顔は見放題。さらに、スイミングキャップによって彼女はうなじを出している。亀本の目の前にあるから、ねろねろと舌を這わせずにはいられない。

「あぁあぁーっ！　はぁあああぁーっ　はぁうううぅーっ！」

紗季子のあえぎ声は切迫していくばかりだった。処女を奪ったときとは雲泥《うんでい》の差である。おそらく、処女膜を失ったことだけが原因ではない。いままでの人生で遠ざけていたセックスが、処女喪失によって身近なものになったのだ。あまつさえ結婚を望んでいるとなれば、セックスに対して興味津々《しんしん》になってもおかしくない。

四十二歳にして突然モテ期が訪れた亀本と一緒だ。いままで関心がなかったセックスがらみの記事をネットで漁る。それをやると、今度はスマホが勝手にセックスがらみの記事ばかりをあげてくる。どんどん読む。頭の中がセックス色に染まっていく。普段から……。

「腰が動いてますよ？」

耳元でそっとささやいた。正確には反射的に跳ねているだけだったが、

「言わないでっ……そっ、それは言わないでっ……」

紗季子は泣きそうな顔で羞じらった。

「気持ちよさそうに見えますけど？」

「そっ、そんなことっ……」

否定の言葉は続かなかった。眉根を寄せて亀本の顔を見つめながら、

「……この前とは全然違うの」

ずいぶんと遠慮がちに気持ちがいいことを肯定《こうてい》した。

「イカせてあげましょうか？」

「えっ……」

紗季子は不安げに瞳を曇らせた。さすがにまだ中イキは無理だとわかっているようだったが、そういう女をイカせるのはたまらなく興奮しそうだ。

亀本は紗季子を後ろから抱きしめたまま、膝立ちの体勢を崩してあぐらをかいた。背面座位である。

「いっ、いやあああっ……」

両脚をM字に割りひろげると、紗季子は悲鳴をあげた。なにしろ前は鏡である。結合部が丸見えになっている。

紗季子の優美な小判形の草むらは、恥丘の上にしか生えていない。割れ目のまわりは無毛状態だから、黒みがかった肉棒にアーモンドピンクの花びらがぴったりと吸いついている様子がよく見える。

「ゆっ、許してっ……こんなの恥ずかしすぎるっ……」

「ふふっ、大丈夫ですよ。すぐに恥ずかしくなくなりますから……」

亀本は卑猥な笑みをもらしながら、右手で電マをつかんだ。指でも充分に感じていた敏感な肉芽に、振動するヘッドをあてがった。

「はっ、はぁうううううううーっ！」

紗季子が絶叫し、ガクガクと腰を揺らした。亀本はヘッドを押しつけつづけた。右手には電マ、左手で乳房を揉みながら、紗季子の体をしっかりと抱きかかえる。激しく身をよじっているので、気を抜くとどこかに飛んでいってしまいそうだ。

「ダッ、ダメッ！　ダメだからっ！　そんなことしたらイッちゃうっ！　すぐイクッ！　イクイクイクイクーッ！　はぁおおおおおおーっ！」

紗季子は獣じみた声をあげて喉を突きだした。ガクガクッ、ガクガクッ、というアクメの痙攣《けいれん》が、下から貫いている男根に響いてきて気持ちいい。だが、肉体的な快感より、精神的な快感のほうがずっと大きかった。電マの力を借りたとはいえ、処女を失ったばかりの三十四歳をイカせたのだ。

「いやらしすぎるんじゃないですか？」

イキきった紗季子の耳元で、嘲笑まじりにささやく。紗季子は泣きそうな顔をしていたが、もはや開き直るしかないと思ったのだろう。

「マッ、マッサージ器なんか使うからでしょっ！」

振り返って涙眼で睨んできた。

「電マのせいにするんですか？　イカせてもらっておいて？」

亀本は再びクリトリスに振動するヘッドをあてがった。

「はっ、はぁうううううううーっ！」

紗季子が眼を見開く。振り返っていられなくなり、前を向いてあえぎにあえぐ。

「ダメダメダメえぇーっ！　イッたばっかりだからっ！　イッたばっかりだから刺激しないでっ！」

絶頂に達したばかりの女体は、刺激されてもくすぐったいだけらしい。しかし、くすぐったさの向こう側には連続絶頂が待っている。そういうテーマで撮影されたAVを亀本は最近観たばかりだった。

紗季子が泣こうが叫ぼうが、亀本は振動するヘッドをクリトリスにあてがいつづけた。といっても、時計で計れば十秒かそこらだったろう。紗季子はあっという間にくすぐったさの向こう側に行ってしまった。

「イッ、イッちゃうっ……またイッちゃうっ……続けてイッちゃうううっ……イクイクイクイクーッ！　はぁあああああーっ！」

ビクンッ、ビクンッ、と腰を跳ねさせて、紗季子はオルガスムスに駆けあがっていった。

バックのときに見せた動きと似ていたが、彼女が上になっている背面座位のほうが自由かつ楽に動ける。腰の跳ねさせ方も激しければ、股間をぐりぐりとこすりつけてくるようなことまでしてくる。いやらしすぎる動きだった。肉の悦びをむさぼっているとしか言いようのない、ドスケベ丸出しな……。

「あああっ……はぁあああああっ……」

イキきっても、紗季子の腰の動きはとまらなかった。セックス巧者《ごうしや》である彩乃に比べれば稚拙な動きだったが、腰が勝手に動いてしまうというか、本能に衝き動かされているような感じが、男心をジャストミートした。思わず体位をバックに戻し、後ろから突きまくってやりたくなったが、

「ねえ、亀本さん……」

紗季子が振り返り、すがるように見つめてきた。両眼はいやらしいほど潤みきって、瞳が溺れてしまいそうだった。

「もっ、もう許してくださいっ……普通にしてっ……亀本さんが上になって、普通にっ……」

その提案に乗るのはやぶさかではなかったが、

「気持ちよさそうにイッてましたよ」

亀本は嫌みったらしく言ってやった。

「電マを使えば、あと十回くらいイケるんじゃないですかねえ」

「むっ、無理っ！　無理無理無理無理っ！」

紗季子は焦った顔で首を横に振った。

「イクのはもう充分だからっ！　もうイカなくていいからっ！」

「じゃあラスイチで」

亀本は三たび、振動する電マのヘッドをクリトリスにあてがった。

「はっ、はぁうううううーっ！」

喉を突きだしてのけぞった紗季子は、驚いたことに腰を動かしはじめた。クイッ、クイッ、と股間をしゃくるようなその動きは、すっかり女が騎乗位で腰を使うときのものになっていた。

本能というのはかくも偉大なものなのか、あるいはAVでも観て勉強したのか、亀本は驚愕しながら興奮した。紗季子がまともに腰を動かせば、性器と性器がしたたかにこすれあい、肉の悦びが押し寄せてくる。亀本の尻ももぞもぞと動きだす。下からずんずんと突いてしまう。

「ああっ、いいっ！　すごいいいいーっ！」

もうイクのは充分などと言っていたくせに、紗季子は叫んだ。

「オチンチンいいっ！　亀本さんのオチンチン、とっても気持ちいいっ！　イッちゃいそうっ……またイッちゃいそうううーっ！」

気持ちがいいのは電マのほうなんじゃないか？　と亀本は思ったが、紗季子の腰の動きは切迫していくばかりだった。女の割れ目を唇のように使って、勃起しきった男根をしゃぶりあげている光景が、鏡に映っている。

「山根部長のオマンコも最高ですよ」

耳元でささやく。

「二回目のセックスでこんなにイキまくるなんて、いやらしすぎるオマンコだ」

「言わないでっ！　言わないでええぇーっ！」

紗季子は絶叫しつつも、ぐいぐいと腰を振りたてる。もはや忘我《ぼうが》の境地なのか、完全に肉の悦びに溺れきっている。

「イッ、イクッ　またイッちゃう！　イクイクイクイクイクッ……はっ、はぁおおおおおおーっ！」

三度目のオルガスムスに達した紗季子を、亀本は四つん這いにした。繋がったまま体位を変えた。紗季子はまだアクメの痙攣がおさまっていなかったが、もう我慢できなかった。電マを放りだし、両手でくびれた腰をつかむと、パンパンッ、パンパンッ、と尻を打ち鳴らして怒濤《どとう》の連打を送りこんだ。

「はぁおおおーっ！　はぁおおおおーっ！　はぁおおおおおーっ！」

紗季子が四つん這いの身をよじって、よがりによがる。高嶺の花を犬のように這わせ、獣のようにあえがせている興奮は、すさまじいものだった。亀本は呼吸も忘れて腰を振りたてた。ずんずんっ、ずんずんっ、と最奥にある子宮を狙って突きあげつづけた。

たまらなかった。

できることならもっと長く、この熱狂に身を置いていたかったが、鋼鉄のように硬くなった男根の芯が疼いた。疼きに疼いて、射精が迫っていることを伝えてきた。

「おおおっ……だっ、出しますっ……出しますよっ……」

亀本が首に筋を浮かべながら言うと、

「ああっ、出してっ……中で出してえええーっ！」

紗季子が鏡越しに見つめてくる。端整な美貌が喜悦に紅潮し、くしゃくしゃになっているのに、必死に薄眼を開けている。

「お願いだから中で出してっ……紗季子のオマンコにっ……オマンコに出してええーっ」

「おおおっ、出るっ！　もう出るっ！　うおおおおおおおーっ！」

雄叫びをあげてフィニッシュの連打を開始すると、

「ああっ、いやあああーっ！」

紗季子が悲鳴をあげた。

「イッ、イッちゃうっ！　またイッちゃうっ！　イクイクイクイクーッ！」

「おおうっ！」

人生初の中イキに達した肉穴に最後の一打を打ちこむと、亀本は男根を引き抜いた。紗季子の顔のほうまでまわりこんでいる余裕はなく、発情の蜜でネトネトになった肉棒をその場でしごいた。

ドクンッ！　と下半身で爆発が起こり、男根の芯に灼熱《しゃくねつ》が走り抜けていった。放出した白い粘液は、紗季子の尻に着弾した。ドクンッ、ドクンッと飛ばすたびに、身をよじるほどの快感が訪れた。

しかし……。

これはうまくないラストだった。ちょっとほだされてしまったとはいえ、紗季子と結婚するつもりがない以上、女の嫌がることばかりを強要して嫌われなければならなかった。

にもかかわらず、人生初の中イキにまで導いたうえ、顔面シャワーできなかったのは大失態だ。かくなるうえは長々とお掃除フェラをさせてやろうかと思っていると、紗季子のほうから振り返って精液まみれの亀頭を口唇に咥えこんだ。さも愛おしげにペニスをしゃぶりまわしながら、上眼遣いで亀本のことをうっとりと見つめてきた。

エピローグ

二カ月が経った。

季節は初夏から梅雨を経て、夏の盛りもそろそろ峠を越しそうな気配だったが、亀本はまだ誰とも結婚していなかった。

彩乃とはラブラブな関係が続いている。二十六歳と若く、アイドルのように可愛くて、セックスの天才となれば、週に一度は抱かずにいられなかった。体を重ねるたびに、夢見心地の気分が味わえる女だった。

とはいえ、紗季子とも彩乃と同じペースで逢瀬《おうせ》を重ねていた。彩乃のセックスはすでに完成しているが、紗季子が相手だとこの手で開発する悦びがあるからだ。この二カ月で紗季子は何度でも中イキできるようになったので、彼女は亀本にメロメロだった。以前のように上から目線で結婚を迫ってくることもなく、普段からしおらしい態度をとるようになった。無理強《じ》いして嫌われたくない、と彼女の顔には書いてあった。そんなことになれば、セックスができなくなってしまうから……。

　というわけで、ずるずると二股関係を続けている亀本だった。

　その日は、彩乃と会うことになっていた。八月後半の日曜日、午後三時過ぎ、彼女は亀本の部屋にやってきた。

「本当に暑いね」

　呆れたように言い、ハンカチで額の汗を拭う。

「それがいいんじゃないか」

「ふふっ、そうね」

　眼を見合わせて笑った。亀本の部屋のクーラーは壊れていた。お金がないので修理したくなかった。亀本が住んでいるあたりは郊外なので、都心より二、三度気温は低いし、暑くて眠れないということもない。

　だが、昼間は暑い。とくに西日の入る午後に窓を閉めていると、蒸し風呂のようになる。会社に行っている平日はともかく、休日の午後は飲みにでも行くしかない。

　そんな話をなんの気なしに彩乃にしたところ、

「うだるように暑い部屋でセックスしたら興奮しそう」

と言ってきた。さすがセックスの天才である。着眼点が普通ではない。なるほど、汗でヌルヌルになった素肌と素肌をこすりあわせれば、ローションプレイのようなものだ。

「俺はローションプレイが嫌いじゃないんだ」

「でも、ローションって匂いが人工的でしょう？　ローションがわりに大量の汗をかけば、汗の匂いが部屋にこもって燃えそうじゃない？」

亀本は大きくうなずいた。自分の汗の匂いはともかく、女の汗の匂いは天然の香水である。それも、発情しているときの汗の匂いとなれば最高だ。

「それでね、すっごい汗かいたらスーパー銭湯に行ってゆっくりジャグジーに浸かるの。お風呂上がりはキンキンに冷えたビールで乾杯」

「エクセレント！　最高の休日になりそうだ」

亀本は小躍りしたくなった。彩乃のアイデアが素晴らしすぎて、ゆるみきった頬を元に戻すことができなかった。

そのアイデアを実行するために、彩乃は今日、亀本の部屋にやってきた。以前は壁の薄さを嫌って森林公園で野外セックスばかりしていたのだが、彩乃があえぎ声をこらえることができるようになると、部屋での逢瀬が復活した。

早速、布団を敷き、お互い裸になった。

アイドル級に可愛い顔とアニメ声をもつ彩乃は、裸になると印象が変わる。驚くような巨乳と巨尻のせいでいやらしすぎ、何度見ても見飽きないし、何度抱いても満たされる。

「水分補給は忘れずに」

亀本は冷蔵庫からミネラルウォーターのペットボトルを二本出し、彩乃とふたりで飲んだ。セックスで熱中症になったりしたら笑いものだし、水分をとったほうが汗の量も増えて、ヌルヌルにブーストがかかる。

さあ始めようと抱擁した瞬間、トントン、と玄関扉をノックされた。亀本と彩乃は眼を見合わせた。ふたりとも全裸だった。亀本なんて勃起までしている。

「いったいなんだろうな……」

しかたなく服を着直して、玄関に向かった。隣人のキレやすい中年男なら、もっと激しく扉を叩くだろうし、まだセックスを始めてもいないのだから、文句を言われる筋合いがない。

ドアスコープで外の様子をうかがおうとしたが、見えなかった。指で押さえら

れている。嫌な予感に胸をざわめかせながら、

「どっ、どちらさま？」

亀本は小声で言った。

「わたしです」

聞こえてきたのは、紗季子の声だった。もう一度ドアスコープをのぞきこむと、姿も確認できた。日曜日なのに白いワイシャツなのはいいとして、表情が険しすぎて背中に戦慄《せんりつ》が這いあがっていく。

「ドア、開けてちょうだい」

「いや、それが……いまはその……部屋をすごく汚くしていて……」

亀本が口ごもりながら言うと、

「二股かけているのはもうわかっているから、ドアを開けなさい」

左胸を突き刺すような言葉が飛んできた。

亀本はとりあえず後退った。玄関から見えない位置にいる彩乃は、まだ全裸のままだ。

「服着て！　早く！」

押し殺した声で指示を出し、自分は布団をあげて押し入れにしまう。ヴァイブ

やローターが枕元に並べてあったが、それも全部押し入れだ。

「誰が来たの？」

不安げに訊ねてくる彩乃に、亀本は言葉を返せなかった。生きた心地がしなかった。死刑を宣告されることが濃厚な被告人も、こんな気分に違いない。

ドアを開けた。紗季子がハイヒールを脱いで部屋にあがってきたが、亀本のことは一瞥《いちべつ》もしない。

「あっ、こんにちは……」

事情をなにも知らない彩乃が、ヘラヘラ笑いながら紗季子に挨拶する。紗季子はガン無視してバッグから雑誌サイズの茶封筒を出すと、中身を抜いてちゃぶ台に置いた。

「見て」

亀本に言った。眼は合わせてくれなかった。亀本は紙の束をちゃぶ台の上から取った。一番上に載っていたのは、画像のカラーコピーだった。夜間撮影用のカメラで撮影された独特の色合いだったので、一瞬AVの一場面かと思ったが、そんなわけがなかった。夜の公園でキスをしている亀本と彩乃を盗み撮りされていた。キスどころか、仁王立ちフェラをされたり、立ちバックをしているところまで……。

「探偵を雇ったのよ」

紗季子が低い声で言った。

「女友達に言われたの。二カ月も付き合って週に一度はセックスしてるのに、結婚のけの字も出てこないのはさすがにおかしいって。まあ、言われてみればたしかにそうよね。わたしはあなたを信じていたし、なにもないことを祈ってたけど、こういう結果。どういうつもりか説明してちょうだい」

「ちょっ、ちょっと待ってっ！」

部屋の隅で体育座りをしていた彩乃が飛びあがるようにして立つと、

「亀本さん、この女の人と浮気してたの？」

怒りの形相で迫ってきた。

「浮気っていうか……二股っていうか……」

亀本にはもう、白旗をあげる以外の選択肢は残されていなかった。

「ねえ、亀本さん……」

紗季子がこちらを見た。今日初めて、亀本の眼を見て言葉を継いだ。

「あなたは最低の人間だと思うけど、相手がこんなに可愛い子なら、二股かけててもしようがないかもしれないわね。許してあげてもいい。全部忘れてあげましょう。わたしと結婚してくれるなら」

「亀本さんっ！　結婚するのはわたしよねっ！　わたしだって、いつプロポーズしてくれるんだろうって、ドキドキしながら待ってたのよ」

「選びなさい」

紗季子が鬼の形相で睨んでくる。

「わたしか、彼女か」

「わたしを選んで亀本さんっ！」

ふたりの女の詰問に、亀本は震えあがった。部屋には西日が照りつけているのに、冷や汗だけを流しながら、どちらを選ぶか必死になって考えた。

「選べないっ！」

亀本は叫ぶように言うと、その場で土下座した。

「申し訳ないけど、僕にはどうしてもどっちかを選べないっ！　どっちも好きなんだっ！　どっちも愛してるっ！」

亀本は額を畳にこすりつけて言いながら、腹の中では赤い舌をペロリと出していた。二兎を追う者は一兎をも得ず——ここまで来て煮えきらない態度をとりつづければ、ふたりとも失ってしまうことになるかもしれない。

だが、それならそれでよかった。

このところメディアでは、「オジサンと結婚して幸せになりました」という女性タレントが頻繁に取りあげられている。二十代の独身男性が極端に少なくなり、その一方で結婚したい女性が大量にいる状況を受けて、「オジサンと結婚」への歓迎ムードが生まれたのだ。

〈家族支援法〉がある限り、亀本のような冴えない中年男でも、まだまだモテる。実際、街中で逆ナンされることが増えた。恋人なら彩乃と紗季子で間に合っているので応じたことはないが、フリーになれば選《よ》り取《ど》り見取《みど》りの天国が待っている。空前絶後のモテ期が到来しているのに、あわてて結婚する必要などあるものか……。

結局、どこまでも煮えきらない亀本のもとから、彩乃も紗季子も去っていった。

しかし、空前絶後のモテ期も一緒に去った。

政権交代が起こって法律も廃止され、これから結婚、出産するカップルには一千万円の支援金は給付されないことになったからである。

新政権を束ねる新総理は、政権交代後、最初の所信表明演説でこう述べた。

「そもそも、〈家族支援法〉は近年稀に見る悪法でございます。結婚して子供を産んだら一千万円の支援金、この財源がどこからくるか？ 国の借金です。後世への負の遺産と言ってもいい。とはいえ、悪法は悪法なりに機能して、結婚率と出生率の急上昇は達成されました。とりあえずの成果があったことは認めたうえで、今後は国の借金を減らしていくことに注力するため、〈家族支援法〉は廃止いたしたいと思います」

その映像を亀本は朝のニュースで髭《ひげ》を剃《そ》りながら見ていた。

「夢は終わったな……」

どこか予想できていたような思いを抱えながら、無心に手だけは動く。辺りに電気シェーバーの振動音が静かに響いていた。

※この作品は双葉文庫のために書き下ろされたもので、完全なフィクションです。

双葉文庫

く-12-67

人妻《ひとづま》になりたい！

2023年5月13日　第1刷発行

【著者】
草凪優《くさなぎゆう》

【発行者】
箕浦克史
【発行所】
株式会社双葉社
〒162-8540 東京都新宿区東五軒町3番28号
［電話］03-5261-4818（営業部）　03-5261-4833（編集部）
www.futabasha.co.jp（双葉社の書籍・コミックが買えます）
【印刷所】
中央精版印刷株式会社
【製本所】
中央精版印刷株式会社

【フォーマット・デザイン】
日下潤一

ISBN978-4-575-52667-7 C0193
Printed in Japan